낭만적인 개들

낭만적인 개들

로베르토 볼라뇨 시집

김현균 옮김

이 책은 실로 꿰매어 제본하는 정통적인 사철 방식으로 만들어졌습니다.
사철 방식으로 제본된 책은 오랫동안 보관해도 손상되지 않습니다.

카롤리나 로페스와 라우타로 볼라뇨에게

스페인어판 편집자의 말

로베르토 볼라뇨가 컴퓨터 하드디스크에 보관하고 있던 원고를 여기에 전재한다. 작가가 두 행으로 갈라놓은 몇몇 긴 시행이나 일부 형용사를 삭제한 것을 제외하면, 이 판본은 2000년 루멘 출판사에서 출간된 것과 큰 차이가 없다. 또한 시인의 뜻을 존중하여 일부 시에서는 대문자로 시행을 시작하기도 하고 구두점을 찍지 않기도 했다.

서문

작가가 칠레인이고 한 시에서 파라[1]를 인물로 등장시키고 있으니, 어쩔 수 없이 〈반시*antipoemas*〉에 대해 말해야 할 것 같다. 또 소설가로 잘 알려져 있으니, 응당 그의 서술시를 언급해야 할 것이다. 둘 다 현실에 부합한다. 볼라뇨에게 산문 서사는 거의 가면을 쓰지 않은 시, 아니 심지어 반시의 형태라고 해도 과언이 아니다. 그의 소설은 파스티슈[2]와 오마주가 서로 인접하는 모호하고 비옥한 경계에서, 현실이 아닌 픽션 자체를 은유하거나 패러디한 경우를 제외하면 전혀 사실주의적이지 않고, 그의 시/반시가 소설적인 것 못지않게 시적이다. 운문 시인으로서 그의 기여와 그의 가장 큰 미덕은 아마도 실제로 포켓용 사실주의의 추종자들에 의해 결정적으로 남용되거나 찬탈당한 영토 — 겉보기에 구어체적으로 보이는 서술시 — 를 모험과 일상적인 동시에 몽환적인 상상력의 영역을 위해 재정복했다는 사실일 것이다.

---

1 Nicanor Parra(1914~2018). 칠레의 시인·수학자·물리학자. 볼라뇨가 가장 애호하는 시인으로 일상성의 미학을 추구하는 〈반시〉를 주창하여 스페인어권 시에 지대한 영향을 끼쳤다. 2011년에 세르반테스상을 수상하였으며, 여러 차례 노벨 문학상 후보에 올랐다. 이하 모든 주는 옮긴이의 주이다.

2 다른 작가들의 양식을 모방한 혼성 작품 또는 합성 작품을 일컫는다.

산문 혹은 운문으로 된 볼라뇨 작품의 상당 부분은 농담처럼 보이며 실제로 그렇다. 그러나 다양한 의미를 내포한 정제되고 복잡한 농담이어서, 사실들의 이면을 들추어낼 수도 있고, 오늘의 부조리함 뒤에 감춰진, 혁명을 갈망하는 젊은 세대의 좌절과 희생을 보여 주거나, 혹은 매일매일 내면의 질서 혹은 무질서가 외부의 질서 혹은 무질서와 충돌하는 — 이것이 바로 시의 고유성이다 — 후미진 구석에 갇힌 삶의 비루한 일상 뒤에서 숨 쉬는 인간 본래의 충동, 그 반란의 맥박을 보여 줌으로써 문득 우리를 공포로 몰아넣을 수도 있다.

위험하고, 지적이고, 대담한 태도를 보이는 볼라뇨의 작품 하나하나, 시 한 편 한 편은 스스로를 나타내는 동시에, 여러 가지 것들, 심지어 외견상 모순되는 것들 역시 의미한다. 아이러니는 그에게 비애보다 덜 중요하지 않으며, 이 시들에서 빈번한 표현의 경제성에도 불구하고 우리는 또한 시적 긴장에 굴복하지 않고도 긴 시에서 호흡을 유지하는 능력에 경탄하지 않을 수 없다. 독특한 목소리다. 그렇다. 그러나 라포르그[3]에서 왔든 뒤카스[4]에서 왔든, 그 목소리는 어느 정도 근대성의 계보학에 뿌리를 두고 있다. 또 의표를 찌

<hr />

3 Jules Laforgue(1860~1887). 프랑스의 상징주의 시인. 근대 시 운동의 선구자로서 권태와 고독감 및 염세주의에 풍자를 가미, 독특한 자유시를 창조했다.
4 Isidore-Lucien Ducasse(1846~1870). 19세기 후반 프랑스의 시인. 필명은 로트레아몽 백작Comte de Lautréamont. 산문 시집 『말도로르의 노래*Les Chants de Maldoror*』가 대표작이며, 원래 무명작가였으나 사후 초현실주의자들에 의해 칭송받으며 근대 시의 선구자로 재평가되었다. 한편, 언급된 라포르그와 뒤카스 모두 우루과이의 몬테비데오에서 출생했다.

르는 능력은 감동의 힘을 감추지 않으며, 도발할 때는 시의 오목 거울 혹은 볼록 거울에 비춰 스스로 성찰하기를 잊지도 않는다. 자신을 비추면서 독자를 비추고 독서 행위를 비추는 말. 한마디로 요약하자면, 근대성.

2000년, 페레 짐페레[5]

---

5 Pere Gimferrer Torrens(1945~). 바르셀로나 출신의 시인·산문 작가·문학 비평가·번역가. 1985년 스페인 한림원 회원으로 선출되었으며, 1988년 스페인 국가 문학상을 수상했다. 볼라뇨는 그에 대해 〈위대한 시인이자 또한 만물박사〉라고 언급한 바 있다.

LOS PERROS ROMÁNTICOS

En aquel tiempo yo tenía veinte años

y estaba loco.

Había perdido un país

pero había ganado un sueño.

Y si tenía ese sueño

lo demás no importaba.

Ni trabajar ni rezar

ni estudiar en la madrugada

junto a los perros románticos.

Y el sueño vivía en el vacío de mi espíritu.

Una habitación de madera,

en penumbras,

en uno de los pulmones del trópico.

Y a veces me volvía dentro de mí

y visitaba el sueño: estatua eternizada

낭만적인 개들

당시 나는 스무 살이었고
제정신이 아니었다.
나라를 잃었지만[1]
꿈을 얻었다.
꿈을 가졌으니
다른 것은 상관없었다.
일도 기도도 하지 않았고
새벽녘에 낭만적인
개들 옆에서 공부를 하지도 않았다.
꿈은 내 영혼의 빈터에 살았다.
열대의 어느 허파 깊숙한 곳,
어스름이 짙게 깔린,
목제 침실.
이따금 나는 꿈을 찾아 내 안으로
돌아가곤 했다: 액상의 생각들로

---

1 볼라뇨의 조국 칠레에서 1973년 9월 11일 피노체트의 군사 쿠데타로
인해 아옌데 정부가 붕괴된 사건을 말한다. 멕시코에 거주하던 볼라뇨는
사회주의 혁명을 지지하는 좌파 진영에 가담하기 위해 귀국하였으나 쿠데
타 후 콘셉시온 근처에서 체포되어 투옥되기도 했다.

en pensamientos líquidos,

un gusano blanco retorciéndose

en el amor.

Un amor desbocado.

Un sueño dentro de otro sueño.

Y la pesadilla me decía: crecerás.

Dejarás atrás las imágenes del dolor y del laberinto

y olvidarás.

Pero en aquel tiempo crecer hubiera sido un crimen.

Estoy aquí, dije, con los perros románticos

y aquí me voy a quedar.

영원화한 조각상,

사랑 속에서

몸을 뒤트는 하얀 굼벵이.

고삐 풀린 사랑.

다른 꿈 속의 꿈.

이윽고 악몽이 내게 속삭였다: 넌 성장할 거야.

고통과 미로의 환영을 뒤로하고

넌 잊을 거야.

그러나 그 시절에 성장하는 것은 죄악이었으리라.

나는 말했다, 난 낭만적인 개들과 여기에 있어

그리고 계속 여기에 머물 거야.

AUTORRETRATO A LOS VEINTE AÑOS

Me dejé ir, lo tomé en marcha y no supe nunca

hacia dónde hubiera podido llevarme. Iba lleno de miedo,

se me aflojó el estómago y me zumbaba la cabeza:

yo creo que era el aire frío de los muertos.

No sé. Me dejé ir, pensé que era una pena

acabar tan pronto, pero por otra parte

escuché aquella llamada misteriosa y convincente.

O la escuchas o no la escuchas, y yo la escuché

y casi me eché a llorar: un sonido terrible,

nacido en el aire y en el mar.

Un escudo y una espada. Entonces,

pese al miedo, me dejé ir, puse mi mejilla

junto a la mejilla de la muerte.

Y me fue imposible cerrar los ojos y no ver

aquel espectáculo extraño, lento y extraño,

aunque empotrado en una realidad velocísima:

miles de muchachos como yo, lampiños

o barbudos, pero latinoamericanos todos,

juntando sus mejillas con la muerte.

스무 살의 자화상

길을 나서, 걷기 시작했지만, 발길이 날 어디로 데려갈지
아득했다. 두려움이 가득 밀려왔고,
설사가 나고 머리에서는 웅웅거리는 소리가 났다:
망자(亡者)들의 차가운 바람이었으리라.
모르겠다. 길을 나섰고, 그렇게 허무하게 끝나는 것은
애석한 일이라고 생각했지만, 한편으로는
그 신비롭고 호소력 있는 외침을 들었다.
그 외침을 들을 수도 듣지 못할 수도 있다, 난 들었고
거의 울음을 터뜨렸다: 대기와 바다에서
생겨난, 끔찍한 소리.
검과 방패. 그때,
두려움을 무릅쓰고, 길을 나섰고, 죽음의 뺨에
내 뺨을 가져다 댔다.
눈이 핑핑 도는 현실에 끼여 있음에도,
느릿하고 기이한, 그 기이한 광경에
눈을 감고 외면하기는 불가능했다:
앳된 얼굴이든 수염이 덥수룩하든, 모두
라틴 아메리카에서 태어난, 나와 같은 수천 명의 소년들,
죽음과 뺨을 맞대고 있는.

RESURRECCIÓN

La poesía entra en el sueño

como un buzo en un lago.

La poesía, más valiente que nadie,

entra y cae

a plomo

en un lago infinito como Loch Ness

o turbio e infausto como el lago Balatón.

Contempladla desde el fondo:

un buzo

inocente

envuelto en las plumas

de la voluntad.

La poesía entra en el sueño

como un buzo muerto

en el ojo de Dios.

부활

잠수부가 호수에 들어가듯
시(詩)가 꿈속에 들어간다.
그 무엇보다 더 용감한 시(詩)는
네스호처럼 끝없이 펼쳐진 호수
혹은 벌러톤호[1]처럼 탁하고 비극적인 호수에
들어가 납처럼
가라앉는다.
바닥에서 시를 응시하라:
의지의
깃털에 싸인
결백한
잠수부.
시가 꿈속에 들어간다
신(神)의 눈[目]에서
죽은 잠수부처럼.

---

1 헝가리 서부에 위치한 중부 유럽 최대의 호수로 헝가리인들은 〈헝가
리의 바다〉라고 부른다.

EN LA SALA DE LECTURAS DEL INFIERNO

En la sala de lecturas del Infierno   En el club

de aficionados a la ciencia-ficción

En los patios escarchados   En los dormitorios de tránsito

En los caminos de hielo   Cuando ya todo parece más claro

Y cada instante es mejor y menos importante

Con un cigarrillo en la boca y con miedo   A veces los

ojos verdes   Y 26 años   Un servidor

지옥의 열람실에서

지옥의 열람실에서   SF

동호회에서

서리 내린 파티오[1]에서   잠깐 머무는 침실들에서

빙판길에서   이제 만사가 더 분명해 보이고

매 순간이 더 낫고 덜 중요할 때

겁에 질려 담배를 입에 물고   이따금

녹색 눈들   그리고 26세   이만 총총

---

1 스페인식 주택에서 위쪽이 트인 건물 내의 안뜰을 가리킨다.

SONI

Estoy en un bar y alguien se llama Soni

El suelo está cubierto de ceniza   Como un pájaro

como un solo pájaro llegan dos ancianos

Arquíloco y Anacreonte y Simónides   Miserables

refugios del Mediterráneo   No preguntarme qué hago

aquí, no recordar que he estado con una muchacha

pálida y rica   Sin embargo sólo recuerdo rubor

la palabra vergüenza después de la palabra vacío

¡Soni Soni!   La tendí de espaldas y restregué

mi pene sobre su cintura   El perro ladró en la calle

abajo había un cine y después de eyacular

pensé «dos cines» y el vacío Arquíloco y Anacreonte

y Simónides ciñéndose ramas de sauce   El hombre

소니

나는 바에 있고 누군가의 이름이 소니다

바닥은 재로 덮여 있다   한 마리 새처럼

단 한 마리 새처럼 두 노인이 도착한다

아르킬로코스[1]와 아나크레온[2]과 시모니데스[3]   지중해의

초라한 피난처   내가 여기에서 뭘 하고 있는지

묻지 말 것, 사랑스러운 창백한 소녀와 뒹굴었다는 걸

기억하지 말 것   그러나 낯뜨거운 기억뿐

텅 빔이라는 단어 다음으로 수치라는 단어가 떠오른다

소니 소니!   그녀를 눕히고 그녀의 허리에

성기를 문질렀다   거리에서 개가 짖었다

아래에 영화관이 하나 있었는데 사정을 하고 나서

〈두 개의 영화관〉과 몸에 버드나무를 두른 텅 빈

아르킬로코스와 아나크레온과 시모니데스를 생각했다

---

1 Archilochos(B.C. 675?~B.C. 635?). 고대에는 호메로스와도 비견되던 그리스의 서정시인으로, 귀족 계급의 인습을 비꼰 풍자시로 유명하다.

2 Anacreon(B.C. 582?~B.C. 485?). 고대 그리스의 서정시인. 간명한 시격(詩格)으로 술과 사랑의 주제를 노래하였으며, 후세에 〈아나크레온풍〉을 유행시켰다.

3 Simonides(B.C. 556?~B.C. 468?). 고대 그리스의 서정시인. 페르시아 전쟁 전사자의 묘비명으로 널리 알려져 있으며 광범위한 영역에 걸쳐 많은 시를 썼으나 몇 개의 단편과 비문만 전해지고 있다.

no busca la vida, dije, la tendí de espaldas y se

lo metí de un envión   Algo crujió entre las orejas

del perro   ¡Crac!   Estamos perdidos

Sólo falta que te enfermes, dije   Y Soni

se separó del grupo   La luz de los vidrios sucios

lo presentó como un Dios y el autor

cerró los ojos

남자는
삶을 찾지 않아, 라고 말하며, 그녀를 눕히고
거칠게 삽입했다　　개의 귀 사이에서 무언가가
바스러졌다　　우지직!　　우린 길을 잃었어
이제 네가 병에 걸릴 일만 남았어, 내가 말했다　　그러자
　　소니가
무리에서 떨어졌다　　더러운 창유리의 빛은
그것을 신(神)처럼 보이게 했고 작가는
눈을 감았다

ERNESTO CARDENAL Y YO

Iba caminando, sudado y con el pelo pegado

en la cara

cuando vi a Ernesto Cardenal que venía

en dirección contraria

y a modo de saludo le dije:

Padre, en el Reino de los Cielos

que es el comunismo,

¿tienen un sitio los homosexuales?

Sí, dijo él.

¿Y los masturbadores impenitentes?

¿Los esclavos del sexo?

¿Los bromistas del sexo?

¿Los sadomasoquistas, las putas, los fanáticos

de los enemas,

los que ya no pueden más, los que de verdad

ya no pueden más?

에르네스토 카르데날[1]과 나

땀에 젖어 머리카락이 얼굴에 들러붙은 채,

길을 걷다가

맞은편에서

걸어오는 에르네스토 카르데날을 보고

인사말을 건넸다:

신부님, 공산주의

천국에,

동성애자들 자리도 있나요?

그렇소, 그가 말했다.

회개할 줄 모르는 수음꾼들 자리는요?

성 노예들은요?

음담패설을 일삼는 자들은요?

가학 피학성 변태 성욕자들, 창녀들, 관장제라면

환장하는 자들,

갈 데까지 간 사람들, 정말로 이미

인생 막장까지 간 사람들은요?

---

1 Ernesto Cardenal(1925~). 니카라과 출신의 시인·사제·정치가·조각가. 라틴 아메리카의 대표적인 해방 신학자의 한 사람으로 널리 알려져 있다.

Y Cardenal dijo sí.

Y yo levanté la vista

y las nubes parecían

sonrisas de gatos levemente rosadas

y los árboles que pespunteaban la colina

(la colina que hemos de subir)

agitaban las ramas.

Los árboles salvajes, como diciendo

algún día, más temprano que tarde, has de venir

a mis brazos gomosos, a mis brazos sarmentosos,

a mis brazos fríos. Una frialdad vegetal

que te erizará los pelos.

카르데날은 그들의 자리도 있다고 했다.

눈을 들어 보니

구름은 연분홍빛

고양이 미소 같았고

언덕(우리가 오를 언덕)에

박음질을 하고 있는 나무들이

가지를 흔들었다.

머잖아, 언젠가 네가 고무 같은

나의 팔, 길고 가느다란 나의 팔, 차가운 나의 팔에

안길 것이라고 말하는 듯한,

야생 나무들. 너의 머리털이 쭈뼛 서게 할

식물성 차가움.

SANGRIENTO DÍA DE LLUVIA

Ah, sangriento día de lluvia,

qué haces en el alma de los desamparados,

sangriento día de voluntad apenas entrevista:

detrás de la cortina de juncos, en el barrizal,

con los dedos de los pies agarrotados en el dolor

como un animal pequeño y tembloroso:

pero tú no eres pequeño y tus temblores son de placer,

día revestido con las potencias de la voluntad,

aterido y fijo en un barrizal que acaso no sea

de este mundo, descalzo en medio del sueño que se mueve

desde nuestros corazones hasta nuestras necesidades,

desde la ira hasta el deseo: cortina de juncos

que se abre y nos ensucia y nos abraza.

비 내리는 핏빛 하루

아, 비 내리는 핏빛 하루,
넌 버림받은 자들의 영혼 속에서 무얼 하느냐,
의지라고는 거의 찾아볼 수 없는 핏빛 하루:
진창 속, 골풀 휘장 뒤,
몸을 떠는 어린 짐승처럼
저리고 아픈 발가락들:
그러나 넌 어리지 않고 너의 떨림은 쾌락에서 오는 것,
의지의 힘에 가려진 날,
아마도 이 세상 것이 아닐 진창 속에서 뻣뻣하게
굳어 옴짝달싹 못 하는, 우리의 심장에서 우리의 생리
    현상까지,
분노에서 욕망까지 움직이는 꿈의
한가운데에서 맨발 차림으로: 저절로 열리고
우리를 더럽히고 우리를 껴안는 골풀 휘장.

EL GUSANO

Demos gracias por nuestra pobreza, dijo el tipo vestido con
    harapos.
Lo vi con este ojo: vagaba por un pueblo de casas chatas,
hechas de cemento y ladrillos, entre México y Estados
    Unidos.
Demos gracias por nuestra violencia, dijo, aunque sea
    estéril
como un fantasma, aunque a nada nos conduzca,
tampoco estos caminos conducen a ninguna parte.
Lo vi con este ojo: gesticulaba sobre un fondo rosado
que se resistía al negro, ah, los atardeceres de la frontera,
leídos y perdidos para siempre.
Los atardeceres que envolvieron al padre de Lisa
a principios de los cincuenta.
Los atardeceres que vieron pasar a Mario Santiago,

굼벵이 아저씨[1]

우리의 가난에 감사합시다, 누더기를 걸친 사내가 말했다.

이 눈으로 그를 보았다: 멕시코와 미국 사이,

시멘트와 벽돌로 지은 납작한 집들의 마을을 떠돌고

   있었다.

우리의 폭력에 감사합시다, 그가 말했다, 그것이 유령처럼

부질없을지라도, 우리를 파멸로 이끌지라도,

이 길들 또한 그 어느 곳으로도 통하지 않습니다.

이 눈으로 그를 보았다: 검은색에 저항하는

장밋빛 배경 위에서 손짓하고 있었다, 아, 한번 흘끗

   보고는

영영 잃어버린, 접경 지역의 석양.

50년대 초에

리사의 아버지를 감쌌던 석양.

어느 밀수업자의 차량 뒷좌석에서,

꽁꽁 얼어붙은 채, 마리오 산티아고[2]가

---

1 볼라뇨의 단편집 『전화』에 동일한 인물을 다룬 같은 제목의 단편이 실려 있다.

2 Mario Santiago Papasquiaro(1953~1998). 멕시코 시인. 볼라뇨와 함께 인프라레알리스모*infrarrealismo*라는 전위주의 시 운동을 주도했다.

arriba y abajo, aterido de frío, en el asiento trasero
del coche de un contrabandista. Los atardeceres
del infinito blanco y del infinito negro.

Lo vi con este ojo: parecía un gusano con sombrero de paja
y mirada de asesino
y viajaba por los pueblos del norte de México
como si anduviera perdido, desalojado de la mente,
desalojado del sueño grande, el de todos,
y sus palabras eran, madre mía, terroríficas.

Parecía un gusano con sombrero de paja,
ropas blancas
y mirada de asesino.
Y viajaba como un trompo
por los pueblos del norte de México
sin atreverse a dar el paso,
sin decidirse
a bajar al D.F.

아래위로 지나가는 것을 목격했던 석양. 무한한
백색과 무한한 흑색의 석양.

이 눈으로 그를 보았다: 살인 청부업자의 눈빛을 가진
밀짚모자 쓴 굼벵이처럼 보였다.
그는 원대한 꿈, 모두의 꿈에서 추방되어,
정신에서 추방되어, 길을 잃고 헤매는 듯
멕시코 북부의 마을들을 떠돌았고
맙소사, 그의 말은 섬뜩했다.

그는 살인 청부업자의 눈빛에
하얀 셔츠를 입고
밀짚모자를 눌러쓴 굼벵이처럼 보였고,
발을 내딛어
멕시코시티로 내려갈
엄두를 내지 못한 채
팽이 돌 듯 멕시코 북부의
마을들을 떠돌았다.

39 그가 험한 악담을 쏟아내,

Lo vi con este ojo

ir y venir

entre vendedores ambulantes y borrachos,

temido,

con el verbo desbocado por calles

de casas de adobe.

Parecía un gusano blanco

con un Bali entre los labios

o un Delicados sin filtro.

Y viajaba de un lado a otro

de los sueños,

tal que un gusano de tierra,

arrastrando su desesperación,

comiéndosela.

Un gusano blanco con sombrero de paja

bajo el sol del norte de México,

사람들을 겁에 떨게 하며,
흙벽돌 집들이 늘어선 거리를,
행상들과 취객들 사이를
오가는 것을
이 눈으로 보았다.
입술 사이에 발리[3]나
필터 없는 델리카도스[4]를 문
하얀 굼벵이처럼 보였다.
그는 이리저리
꿈들을 돌아다녔다,
절망을 끌고 다니며,
먹어 치우는
땅속 굼벵이처럼.

멕시코 북부의 태양 아래
밀짚모자 쓴 하얀 굼벵이,
피 뿌려진 땅과 접경 지역의

---

3 덴마크 담배 회사의 프리미엄 담배 브랜드.

4 미국의 담배 회사가 멕시코 현지에서 생산하는 담배 브랜드.

en las tierras regadas con sangre y palabras mendaces

de la frontera, la puerta del Cuerpo que vio Sam Peckinpah,

la puerta de la Mente desalojada, el puritito

azote, y el maldito gusano blanco allí estaba,

con su sombrero de paja y su pitillo colgando

del labio inferior, y tenía la misma mirada

de asesino de siempre.

Lo vi y le dije tengo tres bultos en la cabeza

y la ciencia ya no puede hacer nada conmigo.

Lo vi y le dije sáquese de mi huella so mamón,

la poesía es más valiente que nadie,

las tierras regadas con sangre me la pelan, la Mente

    desalojada

apenas si estremece mis sentidos.

De estas pesadillas sólo conservaré

거짓말에, 샘 페킨파[5]가 보았던 육체의 문,
추방당한 정신의 문, 진짜
채찍, 그리고 빌어먹을 하얀 굼벵이가 거기에 있었다,
밀짚모자를 눌러쓰고 아랫입술에
담배를 늘어뜨린 채, 예의 그
살인 청부업자의 눈빛을 하고 있었다.

나는 그를 보았고 그에게 말했다, 머리에 혹이 세 개
    있는데
이젠 의술로도 전혀 손 쓸 수가 없소.
나는 그를 보았고 그에게 말했다, 내 길에서 벗어나시오,
    얼뜨기 양반,
시(詩)는 그 무엇보다 더 용감하다오,
피 뿌려진 땅은 나의 관심을 끌지 못하고, 추방당한 정신은
거의 내 감각을 뒤흔들지 못하오.
난 이 악몽들에서 오직

    5 Sam Peckinpah(1925~1984). 1960년대 서부극을 연출한 미국 영화
감독. 폭력 안에 숨겨진 인간의 본성과 소외된 사람들을 탁월하게 묘사하
였다.

estas pobres casas,

estas calles barridas por el viento

y no su mirada de asesino.

Parecía un gusano blanco con su sombrero de paja

y su pistola automática debajo de la camisa

y no paraba de hablar solo o con cualquiera

acerca de un poblado que tenía

por lo menos dos mil o tres mil años,

allá por el norte, cerca de la frontera

con los Estados Unidos,

un lugar que todavía existía,

digamos cuarenta casas,

dos cantinas,

una tienda de comestibles,

un pueblo de vigilantes y asesinos

como él mismo,

casas de adobe y patios encementados

donde los ojos no se despegaban

이 초라한 집들, 바람에 휩쓸린

이 거리들만 간직할 거요,

당신의 살인 청부업자 눈빛은 말고.

그는 셔츠 안에 권총을 감춘

밀짚모자 쓴 하얀 굼벵이처럼 보였고,

혼잣말을 하든 아니면 다른 누구와 대화를 하든

저기 북쪽, 미국과의 접경 지역

근처에 있는, 적어도 2~3천 년 된

유서 깊은 마을에 대해

쉴 새 없이 떠들어 댔다,

아직 존재하고 있던 곳,

말하자면 마흔 채의 집,

두 개의 술집,

식료품 가게 하나,

그 자신 같은

경비원이나 살인 청부업자 들의 마을,

지평선

(죽어 가는 사람의 등 같은

del horizonte

(de ese horizonte color carne

como la espalda de un moribundo).

¿Y qué esperaban que apareciera por allí?, pregunté.

El viento y el polvo, tal vez.

Un sueño mínimo

pero en el que empeñaban

toda su obstinación, toda su voluntad.

Parecía un gusano blanco con sombrero de paja y un

    Delicados

colgando del labio inferior.

Parecía un chileno de veintidós años entrando en el Café La

    Habana

y observando a una muchacha rubia

sentada en el fondo,

en la Mente desalojada.

Parecían las caminatas a altas horas de la noche

de Mario Santiago.

살색 지평선)에서

눈을 뗄 수 없었던

흙벽돌 집들과 시멘트 바른 파티오들.

그런데 거기에서 무엇이 나타나기를 기다린 거죠? 내가
　　물었다.

아마도, 먼지, 바람.

알량하지만, 그러나

그들이 완고함과 의지를

온통 저당 잡힌 꿈.

그는 밀짚모자를 눌러쓰고 아랫입술에

델리카도스를 늘어뜨린 하얀 굼벵이처럼 보였다.

안쪽, 추방당한

정신 속에 앉아 있는

금발 소녀를 살피며

카페 〈라 아바나〉로 걸어 들어가는 스물두 살의 어느
　　칠레인처럼 보였다.

그들은 마리오 산티아고의

47　　한밤중 산보처럼 보였다.

En la Mente desalojada.

En los espejos encantados.

En el huracán del D.F.

Los dedos cortados renacían

con velocidad sorprendente.

Dedos cortados,

quebrados,

esparcidos

en el aire del D.F.

추방당한 정신 속에서.

마법에 걸린 거울들 속에서.

멕시코시티의 허리케인 속에서.

잘린 손가락들이 놀라운

속도로 다시 자라고 있었다.

잘리고,

부러져,

멕시코시티의 대기 속으로

흩어진 손가락들이.

LUPE

Trabajaba en la Guerrero, a pocas calles de la casa de Julián

y tenía 17 años y había perdido un hijo.

El recuerdo la hacía llorar en aquel cuarto del hotel Trébol,

espacioso y oscuro, con baño y bidet, el sitio ideal

para vivir durante algunos años. El sitio ideal para escribir

un libro de memorias apócrifas o un ramillete

de poemas de terror. Lupe

era delgada y tenía las piernas largas y manchadas

como los leopardos.

La primera vez ni siquiera tuve una erección:

tampoco esperaba tener una erección. Lupe habló de su

   vida

y de lo que para ella era la felicidad.

Al cabo de una semana nos volvimos a ver. La encontré

en una esquina junto a otras putitas adolescentes,

apoyada en los guardabarros de un viejo Cadillac.

Creo que nos alegramos de vernos. A partir de entonces

루페[1]

그녀는 훌리안의 집에서 그리 멀지 않은
　계례로가(街)에서 일했다.
열일곱 살이었고 아들을 잃었다.
기억은 욕실과 비데 딸린, 휑하고 어두컴컴한
트레볼 호텔 방에서 그녀를 울게 했다, 몇 년 동안
지내기에는 안성맞춤이었다. 위작 회고록이나
공포 시 모음을 쓰기에
안성맞춤인 곳. 루페는
가녀린 몸에 표범처럼 반점이 있는
긴 다리를 가졌었다.
처음에 나는 발기조차 되지 않았다:
그러기를 바라지도 않았다. 루페는 자신의 삶과
자신이 생각하는 행복에 대해 이야기했다.
한 주 뒤에 우린 다시 만났다. 어느 모퉁이에서
10대의 어린 창녀들 무리와 낡은 캐딜락 펜더에
나란히 기대 있는 그녀를 발견했다.
우린 다시 만나서 반가웠을 것이다. 그때 이후로

　1 볼라뇨의 소설 『야만스러운 탐정들』에 동일한 인물이 등장한다.

Lupe empezó a contarme cosas de su vida, a veces llorando,

a veces cogiendo, casi siempre desnudos en la cama,

mirando el cielorraso tomados de la mano.

Su hijo nació enfermo y Lupe prometió a la Virgen

que dejaría el oficio si su bebé se curaba.

Mantuvo la promesa un mes o dos y luego tuvo que volver.

Poco después su hijo murió y Lupe decía que la culpa

era suya por no cumplir con la Virgen.

La Virgen se llevó al angelito por una promesa no sostenida.

Yo no sabía qué decirle.

Me gustaban los niños, seguro,

pero aún faltaban muchos años para que supiera

lo que era tener un hijo.

Así que me quedaba callado y pensaba en lo extraño

que resultaba el silencio de aquel hotel.

O tenía las paredes muy gruesas o éramos los únicos
    ocupantes

o los demás no abrían la boca ni para gemir.

Era tan fácil manejar a Lupe y sentirte hombre

루페는, 때론 울면서, 때론 섹스를 하면서, 인생사를
털어놓기 시작했는데, 우린 거의 항상 알몸으로 침대에
　누워,
손을 마주 잡고 천장을 바라보았다.
아들은 병을 안고 태어났고 루페는 성모마리아께
아이를 낫게만 해주면 일을 그만두겠다고 맹세했다.
한두 달은 약속을 지켰지만 곧 다시 거리로 나서야 했다.
얼마 후 아이가 죽자 루페는 자신이 성모마리아와의
약속을 지키지 않은 탓이라고,
약속을 어겨 성모마리아가 어린 천사를 데려가셨다고
　했다.
난 무슨 말을 해줘야 할지 몰랐다.
물론, 아이들을 좋아하긴 했지만,
자식을 갖는다는 게
어떤 의미인지 알려면 아직 많은 세월이 필요했다.
그래서 호텔의 적막이 자아내는
괴괴(怪怪)함을 생각하며 말없이 침묵을 지켰다.
벽이 아주 두꺼웠을 수도 있고 우리가 유일한
53　　투숙객이었거나

y sentirte desgraciado. Era fácil acompasarla

a tu ritmo y era fácil escucharla referir

las últimas películas de terror que había visto

en el cine Bucareli.

Sus piernas de leopardo se anudaban en mi cintura

y hundía su cabeza en mi pecho buscando mis pezones

o el latido de mi corazón.

Eso es lo que quiero chuparte, me dijo una noche.

¿Qué, Lupe? El corazón.

다른 사람들이 입을 다물고 신음 소리조차 내지 않았을
　수도 있다.
루페를 다루는 것도 자신을 마초남으로 느끼거나
　참담하다고
느끼는 것도 식은 죽 먹기였다. 그녀를 나의 리듬에
맞추기는 쉬웠고, 그녀가 부카렐리 극장[2]에서
본 최신 공포 영화에 대해 수다를 떠는 것을 들어 주기도
어렵지 않았다.
그녀의 표범 다리가 내 허리를 휘감았고
그녀는 나의 젖꼭지 혹은 심장 박동을 찾아
내 가슴에 머리를 묻었다.
내가 빨고 싶은 건 바로 이거야, 어느 날 밤 그녀가 말했다.
뭐라고, 루페? 자기 심장 말이야.

　2 멕시코시티 부카렐리 거리에 있었던 70년 이상의 역사를 자랑하는
영화관. 저렴한 관람료로 시민들의 사랑을 받았으나 주변 상권의 침체로
2018년 문을 닫았다.

LOS ARTILLEROS

En este poema los artilleros están juntos.

Blancos sus rostros, las manos

entrelazando sus cuerpos o en los bolsillos.

Algunos tienen los ojos cerrados o miran el suelo.

Los otros te consideran.

Ojos que el tiempo ha vaciado. Vuelven

hacia ellos después de este intervalo.

El reencuentro sólo les devuelve

la certidumbre de su unión.

포병들

이 시(詩)에서 포병들은 한데 뭉쳐 있다.
창백한 얼굴들, 서로
끌어안거나 주머니에 찔러 넣은 손들.
일부는 눈을 감거나 혹은 바닥을 응시하고 있다.
나머지는 너를 주시한다.
시간이 비워 버린 눈[目]들. 이 잠깐의 휴지(休止) 뒤에
그들에게로 돌아온다.
충돌은 단지 그들에게 결속에 대한
확신을 되돌려 줄 뿐이다.

LA FRANCESA

Una mujer inteligente.

Una mujer hermosa.

Conocía todas las variantes, todas las posibilidades.

Lectora de los aforismos de Duchamp y de los relatos de
   Defoe.

En general con un autocontrol envidiable,

Salvo cuando se deprimía y se emborrachaba,

Algo que podía durar dos o tres días,

Una sucesión de burdeos y valiums

Que te ponía la carne de gallina.

Entonces solía contarte las historias que le sucedieron

Entre los 15 y los 18.

Una película de sexo y de terror,

Cuerpos desnudos y negocios en los límites de la ley,

Una actriz vocacional y al mismo tiempo una chica con
   extraños rasgos de avaricia.

프랑스 여자

똑똑한 여자.

아름다운 여자.

그녀는 모든 변수, 모든 가능성을 꿰고 있었다.

뒤샹의 아포리즘과 디포[1] 단편의 독자.

대체로 부러워할 만한 자제력의 소유자,

울적하거나 술에 취했을 때는 예외,

이 상태는 2~3일 지속될 수 있었고,

너를 소름 끼치게 하던

보르도와 발륨[2]의 연속.

그때 그녀는 열다섯 살과 열여덟 살 사이에

자신에게 있었던 일을 너에게 들려주곤 했다.

한 편의 에로 공포 영화,

벌거벗은 몸뚱이와 법의 경계에서의 거래.

직업 배우이면서 동시에 기괴한 탐욕적 성격의 소유자.

막 스물다섯 살이 되었을 때, 그녀를 만났다,

평온한 시절이었다.

---

1 Daniel Defoe(1660~1731). 영국의 저널리스트·소설가. 60세가 넘
어 발표한 『로빈슨 크루소』로 세계적인 명성을 얻었다.

2 각각 술과 신경 안정제의 비유.

La conocí cuando acababa de cumplir los 25,

En una época tranquila.

Supongo que tenía miedo de la vejez y de la muerte.

La vejez para ella eran los treinta años,

La Guerra de los Treinta Años,

Los treinta años de Cristo cuando empezó a predicar,

Una edad como cualquier otra, le decía mientras cenábamos

A la luz de las velas

Contemplando el discurrir del río más literario del planeta.

Pero para nosotros el prestigio estaba en otra parte,

En las bandas poseídas por la lentitud, en los gestos

Exquisitamente lentos

Del desarreglo nervioso,

En las camas oscuras,

En la multiplicación geométrica de las vitrinas vacías

Y en el hoyo de la realidad,

Nuestro absoluto,

Nuestro Voltaire,

Nuestra filosofía de dormitorio y tocador.

그녀는 노년과 죽음에 대한 두려움이 있었을 것이다.

그녀에게 노년은 서른 살이었다,

30년 전쟁,

예수가 설교를 시작한 나이인 서른 살,

다른 어떤 나이와도 다를 게 없어, 나는 세상에서 가장

문학적인 강이 흐르는 것을 바라보면서

촛불 아래에서 저녁을 먹으며 그녀에게 말했다.

그러나 우리에게 명망은 다른 곳에 있었다,

느림에 홀린 밴드에, 신경 장애의

우아하게 굼뜬

몸짓에,

어두운 침대에,

텅 빈 쇼윈도의 기하학적 증식에

그리고 현실의 구덩이에.

우리의 절대,

우리의 볼테르,

우리의 침실과 내실(內室)의 철학.

앞서 말한 대로, 똑똑한 여자였다,

그녀의 조국에서는 너무 흔한

Como decía, una muchacha inteligente,

Con esa rara virtud previsora

(Rara para nosotros, latinoamericanos)

Que es tan común en su patria,

En donde hasta los asesinos tienen una cartilla de ahorros

Y ella no iba a ser menos,

Una cartilla de ahorros y una foto de Tristán Cabral,

La nostalgia de lo no vivido,

Mientras aquel prestigioso río arrastraba un sol moribundo

Y sobre sus mejillas rodaban lágrimas aparentemente

   gratuitas.

No me quiero morir, susurraba mientras se corría

En la perspicaz oscuridad del dormitorio,

Y yo no sabía qué decir,

En verdad no sabía qué decir,

Salvo acariciarla y sostenerla mientras se movía

Arriba y abajo como la vida,

(우리 라틴 아메리카인들에게는 드문)

남다른 예지력의 소유자였다,

그녀의 조국에서는 암살범들조차 통장을 가지고 있는데

그녀도 못지않았다,

통장 한 개와 트리스탕 카브랄[3]의 사진 한 장,

저 이름 높은 강이 사위어 가는 태양을 끌고 가고

그녀의 뺨 위로 까닭 없어 보이는 눈물이 흘러내리는 사이,

아직 살지 않은 날들에 대한 향수.

죽고 싶지 않아, 침실의 예리한 어둠 속에서

오르가슴을 느끼며 그녀가 속삭였다.

난 무슨 말을 해야 할지 몰랐다,

인생처럼 위아래로,

처형당한 무고한

프랑스 여성 시인들처럼 위아래로

그녀가 흔들리는 동안 그녀의 몸을 받치고 애무하는 것

　　말고는

정말 무슨 말을 해야 할지 몰랐다,

　　　3 Tristan Cabral(1944~). 프랑스의 작가이자 시인.

Arriba y abajo como las poetas de Francia

Inocentes y castigadas,

Hasta que volvía al planeta Tierra

Y de sus labios brotaban

Pasajes de su adolescencia que de improviso llenaban

    nuestra habitación

Con duplicados que lloraban en las escaleras automáticas

    del metro,

Con duplicados que hacían el amor con dos tipos a la vez

Mientras afuera caía la lluvia

Sobre las bolsas de basura y sobre las pistolas abandonadas

En las bolsas de basura,

La lluvia que todo lo lava

Menos la memoria y la razón.

Vestidos, chaquetas de cuero, botas italianas, lencería para

    volverse loco,

Para volverla loca,

Aparecían y desaparecían en nuestra habitación

    fosforescente y pulsátil,

그녀가 지구라는 행성으로 돌아오고

그녀의 입술에서

돌연 우리 침실을 지하철 에스컬레이터에서 울고 있는

복제품들로, 동시에 두 사내와 섹스를 하는

복제품들로 가득 채우는 사춘기의 구절들이 뿜어 나올

    때까지.

그사이 밖에서는 비가 내리고 있었다

쓰레기봉투 위로, 쓰레기봉투에 버려진

권총들 위로,

기억과 이성을 제외한

모든 것을 씻어 내는 비가.

드레스, 가죽 재킷, 이탈리안 부츠, 너를 미치게 하고,

    그녀를

미치게 하는 란제리가

푸른 인광을 발하는 고동치는 우리 침실에 나타났다

    사라졌고,

덜 은밀한 다른 정사(情事)의 짧은 순간들이

그녀의 상처 입은 눈에서 개똥벌레처럼 반짝였다.

65 오래 가지 않을

Y trazos rápidos de otras aventuras menos íntimas

Fulguraban en sus ojos heridos como luciérnagas.

Un amor que no iba a durar mucho

Pero que a la postre resultaría inolvidable.

Eso dijo,

Sentada junto a la ventana,

Su rostro suspendido en el tiempo,

Sus labios: los labios de una estatua.

Un amor inolvidable

Bajo la lluvia,

Bajo ese cielo erizado de antenas en donde convivían

Los artesonados del siglo xvii

Con las cagadas de palomas del siglo xx.

Y en medio

Toda la inextinguible capacidad de provocar dolor,

Invicta a través de los años,

Invicta a través de los amores

Inolvidables.

Eso dijo, sí.

그러나 결국 잊지 못할 사랑.

그녀는 그렇게 말했다,

창가에 앉아서,

시간 속에 정지된 그녀의 얼굴,

그녀의 입술; 조각상의 입술.

쏟아지는 빗줄기 아래에서,

17세기 격자 천장과

20세기의 비둘기 똥이

공존하는 안테나투성이 하늘 아래에서

나눈 잊지 못할 사랑.

그리고 중간에

고통을 안기는 불멸의 모든 능력,

세월 속에서도 패배하지 않은,

잊지 못할

숱한 사랑을 거치면서도 패배하지 않은.

그래, 그녀는 그렇게 말했다.

잊지 못할

찰나의 사랑,

허리케인처럼?

Un amor inolvidable

Y breve,

¿Como un huracán?,

No, un amor breve como el suspiro de una cabeza

   guillotinada,

La cabeza de un rey o un conde bretón,

Breve como la belleza,

La belleza absoluta,

La que contiene toda la grandeza y la miseria del mundo

Y que sólo es visible para quienes aman.

아니, 참수당한 머리통, 어느 왕 또는 어느 브르타뉴
　　백작의
머리통의 탄식처럼 짧은,
아름다움처럼,
세상의 모든 위대함과 참혹함을 망라하는,
오직 사랑하는 사람들 눈에만 보이는
절대미처럼 짧은 사랑.

EL MONO EXTERIOR

¿Te acuerdas del *Triunfo de Alejandro Magno*, de Gustave
   Moreau?
La belleza y el terror, el instante de cristal en que se corta
la respiración. Pero tú no te detuviste bajo esa cúpula
en penumbras, bajo esa cúpula iluminada por los
   feroces
rayos de armonía. Ni se te cortó la respiración.
Caminaste como un mono infatigable entre los dioses
pues sabías — o tal vez no — que el *Triunfo* desplegaba
sus armas bajo la caverna de Platón: imágenes,
sombras sin sustancia, soberanía del vacío. Tú
   querías
alcanzar el árbol y el pájaro, los restos
de una pobre fiesta al aire libre, la tierra yerma
regada con sangre, el escenario del crimen donde pacen
las estatuas de los fotógrafos y de los policías, y la pugnaz

이방인 원숭이

귀스타브 모로[1]의 「알렉산드로스 대왕의 승리」를
   기억하니?
아름다움과 공포, 숨이 끊어지는 수정처럼 투명한
순간. 그러나 넌 어스름에 잠긴 원형 지붕 아래에,
조화로운 사나운 광선으로 환하게 밝혀진 그 원형 지붕
   아래에
멈춰 서지 않았다. 숨이 끊어지지도 않았다.
넌 지칠 줄 모르는 원숭이처럼 신(神)들 사이를 걸었다,
그건 네가 「알렉산드로스 대왕의 승리」가 플라톤의 동굴
   아래에
자신의 무기, 즉 이미지들과 실체 없는 그림자들, 공허의
주권을 배치한다는 것을 알았기 ─ 어쩌면 몰랐기 ─
   때문. 넌 다다르길
원했다, 나무와 새에, 초라한
가든파티의 음식물 찌꺼기에, 피 뿌려진
황무지에, 사진사와 경찰의 조각상들이

---

  1 Gustave Moreau(1826~1898). 프랑스의 화가. 신화나 성서에서 소
재를 가져와 그린 환상적이고 신비적인 작품으로 찬사를 받은 상징주의의
선구자.

vida

a la intemperie. ¡Ah, la pugnaz vida a la intemperie!

풀을 뜯는 범죄 현장에, 그리고 거친
노숙의 삶에. 아, 거친 노숙의 삶!

SUCIO, MAL VESTIDO

En el camino de los perros mi alma encontró

a mi corazón. Destrozado, pero vivo,

sucio, mal vestido y lleno de amor.

En el camino de los perros, allí donde no quiere ir nadie.

Un camino que sólo recorren los poetas

cuando ya no les queda nada por hacer.

¡Pero yo tenía tantas cosas que hacer todavía!

Y sin embargo allí estaba: haciéndome matar

por las hormigas rojas y también

por las hormigas negras, recorriendo las aldeas

vacías: el espanto que se elevaba

hasta tocar las estrellas.

Un chileno educado en México lo puede soportar todo,

pensaba, pero no era verdad.

Por las noches mi corazón lloraba. El río del ser, decían

unos labios afiebrados que luego descubrí eran los míos,

el río del ser, el río del ser, el éxtasis

que se pliega en la ribera de estas aldeas abandonadas.

Sumulistas y teólogos, adivinadores

꾀죄죄하고, 남루한

개들이 다니는 길에서 나의 영혼이 나의 심장과
마주쳤다. 갈기갈기 찢겼지만, 살아 있었고,
꾀죄죄하고 남루했지만, 사랑이 가득했다.
아무도 가고 싶어 하지 않는 곳, 개들의 길에서.
이제 할 일이 전혀 남아 있지 않을 때
시인들만 쏘다니는 길.
그러나 내겐 아직 할 일이 산더미였다!
그럼에도 난 그곳에 있었다: 붉은 개미들과
검은 개미들에
물어뜯기며, 텅 빈 마을들을
배회하며: 별에 닿을 만큼
고조되는 공포.
멕시코에서 교육받은 칠레인이라면 그 모든 것을 견뎌 낼
    수 있다고
믿었지만, 현실은 그렇지 않았다.
밤이면 나의 심장은 눈물을 흘렸다. 존재의 강, 나중에
나 자신의 것임을 알게 된 달아오른 입술이 말했다,
존재의 강, 존재의 강, 버려진
이 마을들의 강기슭에서 구겨지는 황홀경.

y salteadores de caminos emergieron

como realidades acuáticas en medio de una realidad

   metálica.

Sólo la fiebre y la poesía provocan visiones.

Sólo el amor y la memoria.

No estos caminos ni estas llanuras.

No estos laberintos.

Hasta que por fin mi alma encontró a mi corazón.

Estaba enfermo, es cierto, pero estaba vivo.

금속성 현실 한복판의 수중 현실처럼
논리학 입문 교사들과 신학자들, 점쟁이들
그리고 노상강도들이 모습을 드러냈다.
오직 열병과 시(詩)만이 환영을 불러일으킨다.
오직 사랑과 기억만이.
이 길들도 이 평원들도 못 한다.
이 미로들도.
마침내 나의 영혼이 나의 심장과 마주쳤을 때까지는.
그렇다, 병들었지만, 그러나 살아 있었다.

Soñé con detectives helados en el gran

refrigerador de Los Ángeles

en el gran refrigerador de México D.F.

나는[1] 멕시코시티라는 대형
냉장고 속의 로스 앙헬레스[2]라는 대형
냉장고 속에 얼어붙은 탐정들 꿈을 꾸었다.

1 이 시에는 제목이 없다.
2 칠레 중남부 비오비오주에 속한 도시.

LOS DETECTIVES

Soñé con detectives perdidos en la ciudad oscura.

Oí sus gemidos, sus náuseas, la delicadeza

De sus fugas.

Soñé con dos pintores que aún no tenían

40 años cuando Colón

Descubrió América.

(Uno clásico, intemporal, el otro

Moderno siempre,

Como la mierda.)

Soñé con una huella luminosa,

La senda de las serpientes

Recorrida una y otra vez

Por detectives

Absolutamente desesperados.

Soñé con un caso difícil,

Vi los pasillos llenos de policías,

Vi los cuestionarios que nadie resuelve,

Los archivos ignominiosos,

Y luego vi al detective

탐정들

암흑의 도시에서 길을 잃은 탐정들 꿈을 꾸었다.
그들의 신음 소리, 구역질 소리, 그들이 조심스레
도망치는 소리가 들렸다.
콜럼버스가 아메리카를
발견했을 때 아직 채
마흔 살이 되지 않았던 두 화가 꿈을 꾸었다.
(한 명은 시간을 초월한, 고전적인 화가였고, 다른 한 명은
염병할 똥 덩어리 같은,
마냥 현대적인 화가였다.)
나는 하나의 빛나는 발자국, 완전히
절망한 탐정들이
몇 번이고 샅샅이 수색한
뱀들의 오솔길
꿈을 꾸었다.
해결하기 어려운 사건 꿈을 꾸었다,
경찰이 우글거리는 통로들을 보았고,
아무도 풀지 못하는 질문지들,
수치스러운 기록 문서들을 보았다,
그 뒤에 탐정이 범죄 현장으로

Volver al lugar del crimen

Solo y tranquilo

Como en las peores pesadillas,

Lo vi sentarse en el suelo y fumar

En un dormitorio con sangre seca

Mientras las agujas del reloj

Viajaban encogidas por la noche

Interminable.

돌아가는 것을 보았다,
최악의 악몽 속에서처럼
홀로 차분하게,
시곗바늘이
몸을 움츠리고
끝없는 밤을 여행하는 동안
그가 바닥에 앉고 피가 말라붙은
침실에서 담배 피우는 것을 보았다.

LOS DETECTIVES PERDIDOS

Los detectives perdidos en la ciudad oscura.

Oí sus gemidos.

Oí sus pasos en el Teatro de la Juventud.

Una voz que avanza como una flecha.

Sombra de cafés y parques

Frecuentados en la adolescencia.

Los detectives que observan

Sus manos abiertas,

El destino manchado con la propia sangre.

Y tú no puedes ni siquiera recordar

En dónde estuvo la herida,

Los rostros que una vez amaste,

La mujer que te salvó la vida.

길 잃은 탐정들

암흑의 도시에서 길을 잃은 탐정들.
나는 그들의 신음 소리를 들었다.
테아트로 데 라 후벤투드[1]에서 그들의 발소리를 들었다.
화살처럼 날아가는 목소리.
사춘기 시절 뻔질나게 드나들었던
카페와 공원의 그림자.
그들의 펼쳐진 손을,
그들 자신의 피로 얼룩진 운명을
살펴보는 탐정들.
그대는 기억조차 못 한다,
상처가 있던 자리,
한때 그대가 사랑했던 얼굴들,
그대의 목숨을 구해 주었던 여자도.

---

1 멕시코시티의 파르케 데 라 후벤투드(청춘 공원) 내에 위치한 극장으로 1989년에 문을 열었으며 〈청춘 극장〉이란 뜻이다.

LOS DETECTIVES HELADOS

Soñé con detectives helados, detectives latinoamericanos

que intentaban mantener los ojos abiertos

en medio del sueño.

Soñé con crímenes horribles

y con tipos cuidadosos

que procuraban no pisar los charcos de sangre

y al mismo tiempo abarcar con una sola mirada

el escenario del crimen.

Soñé con detectives perdidos

en el espejo convexo de los Arnolfini:

nuestra época, nuestras perspectivas,

nuestros modelos del Espanto.

얼어붙은 탐정들

얼어붙은 탐정들, 한창 꿈을 꾸는 중에
계속 눈을 뜨고 있으려고 하는
라틴 아메리카 탐정들 꿈을 꾸었다.
끔찍한 범죄들과
피 웅덩이를 밟지 않으면서도
동시에 한눈에
범죄 현장을 살펴보려고 애쓰는
신중한 사내들 꿈을 꾸었다.
아르놀피니 부부[1]의 볼록 거울에서
길을 잃은 탐정들 꿈을 꾸었다:
우리들의 시대, 우리들의 전망,
우리들의 공포 모델.

---

1 네덜란드 화가 얀 판 에이크Jan van Eyck의 「아르놀피니 부부의 초상」에 등장하는 부부. 아르놀피니는 플랑드르를 중심으로 무역을 하던 이탈리아 출신 상인이었다.

FRAGMENTOS

Detective abrumado... Ciudades extranjeras

con teatros de nombres griegos

Los muchachos mallorquines se suicidaron

en el balcón a las cuatro de la mañana

Las chicas se asomaron al oír el primer disparo

Dionisios Apolo Venus Hércules...

Con variedad   El amanecer

sobre los edificios alineados

Un tipo que escucha las noticias dentro del coche

Y la lluvia repiquetea sobre la carrocería

Orfeo...

파편 조각들

초주검이 된 탐정…… 그리스어 명칭의 극장들을

가진 외국의 도시들

마요르카[1] 출신의 소년들이 새벽 4시에

발코니에서 자살했다

소녀들은 첫 번째 총성을 듣고 밖으로 얼굴을 내밀었다

디오니소스 아폴론 비너스 헤라클레스……

각양각색　　줄지어 선

건물들 위로 밝아 오는 새벽

차 안에서 뉴스를 듣는 사내

그리고 후두두 차체 위로 떨어지는 빗물

오르페우스……[2]

---

1 지중해 서부의 스페인령 발레아레스 제도에서 가장 큰 섬.
2 그리스 신화에 나오는 음유시인으로, 리라의 명수다.

EL FANTASMA DE EDNA LIEBERMAN

Te visitan en la hora más oscura
todos tus amores perdidos.
El camino de tierra que conducía al manicomio
se despliega otra vez como los ojos
de Edna Lieberman,
como sólo podían sus ojos
elevarse por encima de las ciudades
y brillar.
Y brillan nuevamente para ti
los ojos de Edna
detrás del aro de fuego
que antes era el camino de tierra,
la senda que recorriste de noche,
ida y vuelta,
una y otra vez,

에드나 리베르만[1]의 유령

잃어버린 너의 모든 사랑이
칠흑 같은 어둠을 헤치고 너를 찾아간다.
정신 병원으로 이어졌던 흙길이
에드나 리베르만의
눈처럼 다시 펼쳐진다,
오직 그녀의 눈만이 도시들 위로
솟아올라 빛날 수 있었던
것처럼.
에드나의 눈이
다시 너를 위해 반짝인다,
예전에는 흙길이었고,
밤이면 네가 그녀를 찾아,
아니 어쩌면 그녀의 그림자를 찾아
몇 번이고,
오가며

---

1 볼라뇨의 뮤즈이자 그의 소설의 등장인물로 이 시집의 시 「뮤즈」에도
등장한다. 소설 『야만스러운 탐정들』에 등장하는 인물 에디트 오스테르는
에드나 리베르만을 바탕으로 만들어진 인물이다. 그녀는 〈로베르토 볼라
뇨는 나의 유령이다*Roberto Bolaño es mi fantasma*〉라는 제목의 인터뷰를
한 바 있다.

buscándola o acaso

buscando tu sombra.

Y despiertas silenciosamente

y los ojos de Edna

están allí.

Entre la luna y el aro de fuego,

leyendo a sus poetas mexicanos

favoritos.

¿Y a Gilberto Owen,

lo has leído?,

dicen tus labios sin sonido,

dice tu respiración

y tu sangre que circula

como la luz de un faro.

Pero son sus ojos el faro

que atraviesa tu silencio.

Sus ojos que son como el libro

쏘다닌 오솔길이었던

불의 고리 뒤에서.

넌 소리 없이 깨어나고

에드나의 눈이

거기에 있다.

달과 불의 고리 사이에서,

좋아하는 멕시코 시인들을

읽으며.

힐베르토 오웬[2]을

읽어 봤니?

너의 입술이 소리 없이 말한다,

너의 호흡이,

등대의 불빛처럼

순환하는 너의 피가 말한다.

그러나 그녀의 눈은 너의 침묵을

가로지르는 등대다.

완벽한 지리책,

2 Gilberto Owen(1904~1952). 랭보와 T. S. 엘리엇, 아방가르드와 바
로크 미학에 심취했던 멕시코의 시인·외교관.

de geografía ideal:

los mapas de la pesadilla pura.

Y tu sangre ilumina

los estantes con libros, las sillas

con libros, el suelo

lleno de libros apilados.

Pero los ojos de Edna

sólo te buscan a ti.

Sus ojos son el libro

más buscado.

Demasiado tarde

lo has entendido, pero

no importa.

En el sueño vuelves

a estrechar sus manos,

y ya no pides nada.

순수한 악몽의 지도
같은 그녀의 눈.
너의 피는 책들이 꽂혀 있는 선반,
책들이 놓인 의자,
책이 산더미처럼 쌓여 있는
바닥을 비춘다.
그러나 에드나의 눈은
오직 너만을 찾고 있다.
그녀의 눈은 네가
간절히 찾아 헤맸던 책이다.
너무 늦게
깨달았지만, 그러나
괜찮다.
꿈속에서 너는 다시
그녀의 손을 꼭 움켜쥐고
이젠 더 이상 아무것도 바라지 않는다.

LA VISITA AL CONVALECIENTE

Es 1976 y la Revolución ha sido derrotada

pero aún no lo sabemos.

Tenemos 22, 23 años.

Mario Santiago y yo caminamos por una calle en blanco y

negro.

Al final de la calle, en una vecindad escapada de una

película de los años cincuenta está la casa de los padres

de Darío Galicia.

Es el año 1976 y a Darío Galicia le han trepanado el cerebro.

Está vivo, la Revolución ha sido derrotada, el día es bonito

pese a los nubarrones que avanzan lentamente desde el

norte cruzando el valle.

Darío nos recibe recostado en un diván.

Pero antes hablamos con sus padres, dos personas ya

mayores, el señor y la señora Ardilla que contemplan

cómo el bosque se quema desde una rama verde

문병

1976년이고 혁명은 좌절되었다.

그러나 우리는 아직 그 사실을 모른다.

우리는 스물둘, 스물세 살이다.

마리오 산티아고와 나는 흑백의 거리를 걷는다.

거리가 끝나는 지점, 50년대 영화에서 튀어나온 것 같은
　　동네에 다리오 갈리시아[1] 부모의 집이 있다.

1976년이고 그들은 다리오 갈리시아의 두개골에 구멍을
　　냈다.

그는 살아 있고, 혁명은 좌절되었고, 먹구름이 계곡을
　　가로질러

북쪽에서 천천히 다가오고 있지만 화창한 날씨다.

다리오는 소파에 기댄 채 우리를 맞는다.

그러나 우리는 먼저 나이 지긋한 그의 부모, 꿈속에 걸린
　　녹색 가지에서 숲이 불타는 광경을 바라보는 아르디야
　　씨 부부와 얘기를 나눈다.

어머니가 우리를 쳐다보는데, 우리를 보고 있지 않거나,

---

　1 Darío Galicia(1955~). 멕시코의 전위주의 시인. 볼라뇨의 청소년 시절 친구로, 비공식적으로 인프라레알리스모 운동에 가담했다. 1976년 뇌동맥류 수술 이후 후유증으로 창작 활동을 거의 하지 못했다.

suspendida en el sueño.

Y la madre nos mira y no nos ve o ve cosas de nosotros
que nosotros no sabemos.

Es 1976 y aunque todas las puertas parecen abiertas,
de hecho, si prestáramos atención, podríamos oír cómo
una a una las puertas se cierran.

Las puertas: secciones de metal, planchas de acero
reforzado, una a una se van cerrando en la película del
infinito.

Pero nosotros tenemos 22 o 23 años y el infinito no nos
asusta.

A Darío Galicia le han trepanado el cerebro, ¡dos veces!,
y uno de los aneurismas se le reventó en medio del Sueño.

Los amigos dicen que ha perdido la memoria.

Así, pues, Mario y yo nos abrimos paso entre películas
mexicanas de los cuarenta

y llegamos hasta sus manos flacas que reposan sobre las
rodillas en un gesto de plácida espera.

Es 1976 y es México y los amigos dicen que Darío lo ha

혹은 우리는 알지 못하는
우리의 모습을 보고 있다.
1976년이고 문이 모두 열려 있는 것 같지만,
사실, 주의를 기울이면, 문이 하나하나
어떻게 닫히는지 들을 수 있을 것이다.
문들: 금속판, 보강 철판이 무한의 영화에서 하나하나
　　닫힌다.
그러나 우리는 스물둘 혹은 스물세 살이고 무한은 우리를
　　겁주지 못한다.
그들은 다리오 갈리시아의 두개골에 구멍을 냈다, 두
　　번씩이나!
그가 한창 꿈을 꾸던 중에 동맥류 하나가 파열되었다.
친구들은 그가 기억을 상실했다고 말한다.
그래서 마리오와 나는 40년대 멕시코 영화들을 헤치고
　　나아가
차분한 기다림의 몸짓으로 무릎 위에 살포시 올려놓은
　　그의 앙상한 손까지 도착한다.
1976년 멕시코이고 친구들은 다리오가 모든 것을
　　잊었다고, 심지어 자신의

olvidado todo,

incluso su propia homosexualidad.

Y el padre de Darío dice que no hay mal que por bien no
venga.

Y afuera llueve a cántaros:

en el patio de la vecindad la lluvia barre las escaleras

y los pasillos

y se desliza por los rostros de Tin Tan, Resortes y Calambres

que velan en la semi transparencia el año de 1976.

Y Darío comienza a hablar. Está emocionado.

Está contento de que lo hayamos ido a visitar.

Su voz como la de un pájaro: aguda, otra voz,

como si le hubieran hecho algo en las cuerdas vocales.

동성애조차 잊었다고 말한다.[2]

다리오의 아버지는 궂은 일이 있으면 좋은 일도 있는

　법이라고 말한다.

밖에서는 억수같이 비가 내린다:

이웃집 파티오에서 빗줄기가 계단과

통로를 쓸어버리고

1976년에 반투명 베일을 씌우는

틴 탄[3]과 레소르테스[4] 그리고 칼람브레스[5]의 얼굴을 따라

　미끄러진다.

다리오가 말하기 시작한다. 감격에 겨운 모습이다.

우리가 문병을 와서 들떠 있다.

그의 목소리는 새소리처럼 날카롭다, 평소와 다른

　목소리다,

---

　2 다리오 갈리시아는 동성애자 공산당 및 동성애자 프롤레타리아 공동
체의 결성을 꾀하기도 했다.

　3 Tin Tan(1915~1973). 멕시코 출신의 저명한 배우이자 가수, 코미디
언인 헤르만 발데스German Valdés의 별명.

　4 Resortes(1916~2003). 멕시코 배우이자 코미디언 아달베르토 마르
티네스Adalberto Martínez의 별명.

　5 Calambres(1930~2002). 멕시코 배우 로베르토 코보Roberto Cobo의
별명.

Ya le crece el pelo pero aún pueden verse las cicatrices de la
trepanación.

Estoy bien, dice.

A veces el sueño es tan monótono.

Rincones, regiones desconocidas, pero del mismo sueño.

Naturalmente no ha olvidado que es homosexual (nos
reímos),

como tampoco ha olvidado respirar.

Estuve a punto de morir, dice después de pensarlo mucho.

Por un momento creemos que va a llorar.

Pero no es él el que llora.

Tampoco es Mario ni yo.

Sin embargo alguien llora mientras atardece con una
lentitud inaudita.

Y Darío dice: el pire definitivo y habla de Vera que estuvo
con él en el hospital y de otros rostros que Mario y yo no
conocemos y que ahora él tampoco reconoce.

El pire en blanco y negro de las películas de los cuarenta-
cincuenta.

마치 그의 성대에 무슨 짓을 한 것만 같다.

머리카락이 다시 자랐지만 아직 두부 절개 수술 흉터가
　　보인다.

난 잘 지내, 그가 말한다.

때때로 꿈은 너무 단조로워.

모퉁이들, 낯선 지역들, 그러나 같은 꿈이야.

물론 그는 자신이 동성애자라는 사실을 잊지
　　않았다(우리는 웃었다),

마치 숨 쉬는 법을 잊지 않은 것처럼.

하마터면 죽을 뻔했어, 한참 생각에 잠겼다가 그가
　　말한다.

잠시 우리는 그가 울음을 터뜨릴 거라고 넘겨짚는다.

그러나 눈물을 흘린 건 그가 아니다.

마리오도 나도 아니다.

그렇지만 극히 이례적으로 천천히 날이 저무는 동안
　　누군가가 운다.

그러자 다리오가 말한다: 환각의 극치다. 그는 병원에
　　함께 있었던 베라에 대해, 그리고 마리오와 내가
　　알지 못하는, 지금은 그 역시 알아보지 못하는 다른

Pedro Infante y Tony Aguilar vestidos de policías

recorriendo en sus motos el atardecer infinito de México.

Y alguien llora pero no somos nosotros.

Si escucháramos con atención podríamos oír los portazos

de la historia o del destino.

Pero nosotros sólo escuchamos los hipos de alguien que

llora

en alguna parte.

Y Mario se pone a leer poemas.

Le lee poemas a Darío, la voz de Mario tan hermosa

mientras afuera cae la lluvia,

y Darío susurra que le gustan los poetas franceses.

Poetas que sólo él y Mario y yo conocemos.

Muchachos de la entonces inimaginable ciudad de París con

los ojos enrojecidos por el suicidio.

얼굴들에 대해 이야기한다.

40~50년대 영화의 흑백 환각.

경찰복 차림에 오토바이를 타고 멕시코의 끝없는 황혼을
가르는 페드로 인판테[6]와 토니 아길라르.[7]

누군가가 운다, 하지만 우리는 아니다.

귀를 기울이면 역사 혹은 운명의 문이 쾅 닫히는 소리를
　　들을 수 있을 것이다.

그러나 우리에겐 단지 어디선가 우는 누군가의 딸꾹질
　　소리가

들릴 뿐이다.

마리오가 시를 읽기 시작한다.

밖에서 비가 내리는 동안 그토록 아름다운 마리오의
　　목소리가 다리오에게 시를 읽어 주고,

다리오는 프랑스 시인들이 좋다고 속삭인다.

오직 그와 마리오 그리고 나만 아는 시인들.

---

6 Pedro Infante Cruz(1917~1957). 멕시코 영화의 황금기를 대표하는
배우이자 란체라 음악의 우상.

7 Antonio Aguilar Barraza(1919~2007). 멕시코의 가수·배우·작곡가·
제작자.

¡Cuánto le gustan!

Como a mí me gustaban las calles de México en 1968.

Tenía entonces quince años y acababa de llegar.

Era un emigrante de quince años pero las calles de México

   lo primero que me dicen

es que allí todos somos emigrantes, emigrantes del Espíritu.

Ah, las hermosas, las nunca demasiado ponderadas, las

   terribles

calles de México colgando del abismo

mientras las demás ciudades del mundo

se hunden en lo uniforme y silencioso.

Y los muchachos, los valientes muchachos homosexuales

   estampados como santos fosforescentes en todos estos

자살로 눈에 핏발이 선, 당시에는 상상할 수 없었던 도시
　　파리의 젊은이들.
그는 그 시인들을 얼마나 사랑하는지!
마치 내가 1968년의 멕시코 거리를 사랑했던 것처럼.
당시에 나는 열다섯 살이었고 도시에 막 도착했었다.
나는 열다섯 살의 이주자였지만 멕시코 거리가 내게 처음
　　건넨 말은
그곳에선 우리 모두가 이주자들, 영혼의 이주자들이라는
　　것이었다.
아, 세계의 다른 도시들이
획일성과 침묵 속으로 가라앉을 때
심연에 걸린 멕시코의 끔찍한
거리들, 결코 지나치게 과장되지 않은, 아름다운 거리들.[8]

8　멕시코 올림픽을 앞둔 1968년 10월 2일 멕시코 국립 자치 대학 학생
들을 중심으로 한 대규모 반정부 시위대를 경찰이 무력으로 진압하면서 틀
라텔롤코 광장 대학살이 일어났다. 멕시코시티의 10월은 파리의 5월, 프라
하의 봄, 미국의 베트남 반전 운동 등 같은 시기에 세계적으로 일어난 일련
의 혁명적 사건들과 같은 맥락에서 한 시대의 종언과 새로운 시대의 시작을
알린다. 1968년 가족과 함께 멕시코로 이주한 볼라뇨는 이 역사적 현장을
목격하였으며 그의 소설 『부적』은 이 사건을 모티프로 하고 있다.

años,

desde 1968 hasta 1976.

Como en un túnel del tiempo, el hoyo que aparece donde
   menos te lo esperas,

el hoyo metafísico de los adolescentes maricas que se
   enfrentan — ¡más valientes que nadie! — a la poesía y a la
   adversidad.

Pero es el año 1976 y la cabeza de Darío Galicia tiene las
   marcas indelebles de una trepanación.

Es el año previo de los adioses

que avanza como un enorme pájaro drogado

por los callejones sin salida de una vecindad

detenida en el tiempo.

Como un río de negra orina que circunvala la arteria
   principal de México,

그리고 1968년부터 1976년까지의

기간 내내 푸른 인광을 발하는 성자(聖者)들로 각인된

　　젊은이들, 용감한 동성애자 젊은이들.

시간의 터널[9]에서처럼, 전혀 예기치 않은 곳에서 불쑥

　　나타나는 구멍,

시(詩)와 역경에 감연히 맞서는 게이 청년들 ― 그

　　누구보다 더 용감한! ― 의 형이상학적 구멍.

그러나 1976년이고 다리오 갈리시아의 머리에는

　　지워지지 않는 두부 절개 수술 자국이 있다.

시간 속에 걸린

어느 동네의 막다른 골목을

마약에 취한 거대한 새처럼 내닫는

작별 전 해[年]다.[10]

차풀테펙[11]의 검은 쥐들이 유영(游泳)하고 화제 삼아서

　　이야기하는 강,

　　9　웜홀 *wormhole*을 말한다.

　　10　가족과 함께 1968년 멕시코시티로 이주했던 볼라뇨는 1977년 유럽
으로 떠난다.

　　11　멕시코시티 서쪽 교외에 있는 언덕 및 공원.

río hablado y navegado por las ratas negras de Chapultepec,

río-palabra, el anillo líquido de las vecindades perdidas en
    el tiempo.

Y aunque la voz de Mario y la actual voz de Darío

aguda como la de un dibujo animado

llenen de calidez nuestro aire adverso,

yo sé que en las imágenes que nos contemplan con
    anticipada piedad,

en los iconos transparentes de la pasión mexicana,

se agazapan la gran advertencia y el gran perdón,

aquello innombrable, parte del sueño, que muchos años
    después

llamaremos con nombres varios que significan derrota.

La derrota de la poesía verdadera, la que nosotros
    escribimos con sangre.

Y semen y sudor, dice Darío.

Y lágrimas, dice Mario.

Aunque ninguno de los tres está llorando.

말[言]의 강, 시간 속에서 길을 잃은 동네들의 물 반지,
멕시코의 대동맥을 에워싸는 검은 오줌의 강처럼.
마리오의 목소리와 만화 영화의 목소리처럼
날카로운 다리오의 지금의 목소리가
우리의 불온(不溫)한 공기를 온기로 가득 채운다 해도,
나는 안다, 거룩한 자비로 우리를 응시하는 성상들 속에,
멕시코적 열정의 투명한 아이콘들 속에,
엄청난 경고와 위대한 용서가,
먼 훗날 우리가 패배를 의미하는 다양한 이름으로
부르게 될, 꿈의 일부, 명명할 수 없는 그 무엇이 웅크리고
    있음을.
진정한 시, 우리가 피로 쓰는 시의 패배.
정액과 땀으로 쓰는, 다리오가 말한다.
눈물로 쓰는, 마리오가 말한다.
비록 우리 셋 중 누구도 울고 있지 않지만.

GODZILLA EN MÉXICO

Atiende esto, hijo mío: las bombas caían

sobre la Ciudad de México

pero nadie se daba cuenta.

El aire llevó el veneno a través

de las calles y las ventanas abiertas.

Tú acababas de comer y veías en la tele

los dibujos animados.

Yo leía en la habitación de al lado

cuando supe que íbamos a morir.

Pese al mareo y las náuseas me arrastré

hasta el comedor y te encontré en el suelo.

Nos abrazamos. Me preguntaste qué pasaba

y yo no dije que estábamos en el programa de la muerte

sino que íbamos a iniciar un viaje,

uno más, juntos, y que no tuvieras miedo.

멕시코의 고지라[1]

애야, 잘 들어 봐: 멕시코시티 상공에서
폭탄이 쏟아지고 있었어,
하지만 아무도 알아채지 못했지.
공기가 거리와 열린 창들을 통해
독을 옮겨 날랐단다.
넌 밥을 막 먹고 티브이에서 만화 영화를
보고 있었어.
우리가 곧 죽을 목숨임을 알았을 때
난 옆방에서 책을 읽고 있었지.
현기증과 구토가 났지만 주방까지
기어가 바닥에서 널 찾아냈단다.
우린 부둥켜안았지. 넌 무슨 일이냐고 물었고
난 우리가 죽음의 프로그램에 들어 있다고 말하지 않고
다시 한번 함께 여행을
시작할 거라며 겁먹지 말라고 말해 주었어.

---

1 혼다 이시로 감독의 1954년 영화 「고지라Godzilla」에 처음 등장하는
괴수 주인공으로 갑자기 인간 세상에 나타나 파괴를 일삼으며 난장판을 만
든다. 그 뒤에 도호사가 28개 영화에 등장시키면서 전 세계적으로 유명한
캐릭터가 되었다.

Al marcharse, la muerte ni siquiera

nos cerró los ojos.

¿Qué somos?, me preguntaste una semana o un año

   después,

¿hormigas, abejas, cifras equivocadas

en la gran sopa podrida del azar?

Somos seres humanos, hijo mío, casi pájaros,

héroes públicos y secretos.

죽음은 떠나면서 심지어
우리 눈을 감겨 주지도 않았어.
우리는 뭐예요? 한 주 혹은 1년이 지나 네가 물었지,
개미인가요? 꿀벌인가요? 아니면 우연이라는
썩어문드러진 아수라장 속에 잘못 굴러떨어진 숫자예요?
애야, 우린 인간이란다, 새에 가까운,
공공의 영웅이자 비밀이란다.

VERSOS DE JUAN RAMÓN

Malherido en un bar que podía ser o podía no ser mi
    victoria,
Como un charro mexicano de finos bigotes negros
Y traje de paño con recamados de plata, sentencié
Sin mayores reflexiones la pena de la lengua española. No
    hay
Poeta mayor que Juan Ramón Jiménez, dije, ni versos más
    altos
En la lírica goda del siglo xx que estos que a continuación
    recito:
Mare, me jeché arena zobre la quemaúra.
Te yamé, te yamé dejde er camino... ¡Nunca
ejtubo ejto tan zolo! Laj yama me comían,
mare, y yo te yamaba, y tú nunca benía!

후안 라몬[1]의 시구

나의 승리일 수도 아닐 수도 있었던 어느 바에서 중상을
　입은 채,
가느다란 검은 콧수염에 은 자수를 놓은
모직 슈트를 걸친 멕시코 기수(騎手)[2]처럼, 나는
골똘히 생각하지 않고 스페인어의 형벌을 선고했다. 나는
　말했다,
20세기 이베리아반도 서정시에서 후안 라몬
　히메네스보다 더 큰 시인은
없고, 또 내가 이어서 암송할 시구보다 더 고결한 시구도
없다고:
　어무이, 불탄 상처 우에 모랠 뿌렸니더.
　어무일 불렀니더, 길바닥에서 불렀니더…… 억시
　외로웠지요! 불길이 저를 마구 삼키고 있었지요.
　어무이, 전 어무일 불렀고, 어무인 끝내 오지 않았니더![3]

　1　Juan Ramón Jiménez(1881~1958). 스페인의 시인. 초기작은 뛰어난
음악성과 풍부한 색채감이 두드러졌으나 『플라테로와 나*Platero y yo*』 이후
담담하고 밀도 높은 〈순수시〉를 창조하여 스페인어권 시인들에게 큰 영향
을 끼쳤다. 1956년 노벨 문학상을 수상했다.
　2　호화로운 수제 민속 의상을 걸치고 있으며 차로*charro*라는 이름으로
불린다.

Después permanecí en silencio, hundido de quijada en mis

    fantasmas,

Pensando en Juan Ramón y pensando en las islas que se

    hinchan,

Que se juntan, que se separan.

Como un charro mexicano del Infierno, dijo horas o días

    más tarde

La mujer con la que vivía. Es posible.

Como un charro mexicano de carbón

Entre la legión de inocentes.

그러고 나서 나는 침묵을 지켰다, 나의 유령들 속에
    깊숙이 빠져든 채,
후안 라몬을 생각하며, 또 부풀어 오르고, 합쳐지고,
    갈라지는
섬들을 생각하며.
지옥의 멕시코 기수처럼, 몇 시간 혹은 며칠 뒤에
같이 사는 여자가 말했다. 그럴 수도 있겠다.
수많은 결백한 사람들 사이
숯검정을 뒤집어쓴 멕시코 기수처럼.

3 히메네스가 고향 모게르에 체류하던 1909~1912년에 쓴 시 「불에 탄 숯 굽는 소녀La carbonerilla quemada」의 일부다. 숯을 굽다가 화상을 입고 죽어 간 소녀의 안타까운 사연을 담고 있으며 안달루시아 방언의 특징이 생동감 있게 나타나 있다. 이 시는 1944년에 부에노스아이레스 로사다 출판사에서 펴낸 『몰인정한 아이들을 위한 이야기*Historias para niños sin corazón*』에 실려 있다.

DINO CAMPANA REVISA SU BIOGRAFÍA EN EL PSIQUIÁTRICO DE CASTEL PULCI

Servía para la química, para la química pura.

Pero preferí ser un vagabundo.

Vi el amor de mi madre en las tempestades del planeta.

Vi ojos sin cuerpo, ojos ingrávidos orbitando alrededor de
    mi lecho.

Decían que no estaba bien de la cabeza.

Tomé trenes y barcos, recorrí la tierra de los justos

en la hora más temprana y con la gente más humilde:

gitanos y feriantes.

Me despertaba temprano o no dormía. En la hora

en que la niebla aún no ha despejado

y los fantasmas guardianes del sueño avisan inútilmente.

Oí los avisos y las alertas pero no supe descifrarlos.

No iban dirigidos a mí sino a los que dormían,

pero no supe descifrarlos.

디노 캄파나,[1] 카스텔 풀치 정신 병원에서 자신의 전기를 검토하다

난 화학, 순수 화학이 적성에 맞았다.

그러나 방랑자가 되고 싶었다.

행성의 폭풍우 속에서 어머니의 사랑을 보았다.

육신에서 분리된 눈들, 궤도를 그리며 침대 주위를 도는

   무중력 상태의 눈들을 보았다.

사람들은 내가 정신이 나갔다고 했다.

기차와 배를 탔고, 가장 비천한 사람들,

집시와 장돌뱅이 들과 함께

꼭두새벽에 정의의 사람들의 땅을 돌아다녔다.

일찍 일어나거나 혹은 잠을 자지 않았다. 아직 안개가

걷히지 않았고 꿈의 수호 유령들이

부질없이 경고를 보내는 시각에.

경고와 경계의 소리가 들렸지만 난 해독할 줄 몰랐다.

내가 아니라 잠든 사람들을 향한 것이었지만,

그러나 난 해독할 줄 몰랐다.

---

1 Dino Campana(1885~1932). 이탈리아의 서정시인. 10대부터 시작된 정신 질환으로 평생 고통을 받으며 유럽과 라틴 아메리카의 여러 나라를 방랑하다가 1918년 정신 병원에 수용되어 그곳에서 여생을 보냈다. 그는 음악가, 소방관, 경찰관 등 다양한 직업을 거쳤는데, 유럽 여러 나라를 유랑하며 생존을 위해 갖가지 직업을 전전했던 볼라뇨와 닮아 있다.

Palabras ininteligibles, gruñidos, gritos de dolor, lenguas

extranjeras oí adonde quiera que fuese.

Ejercí los oficios más bajos.

Recorrí la Argentina y toda Europa en la hora en que todos

duermen y los fantasmas guardianes del sueño aparecen.

Pero guardaban el sueño de los otros y no supe

descifrar sus mensajes urgentes.

Fragmentos tal vez sí, y por eso visité los manicomios

y las cárceles. Fragmentos,

sílabas quemantes.

No creí en la posteridad, aunque a veces

creí en la Quimera.

Servía para la química, para la química pura.

내가 어디에 가든, 알아들을 수 없는 말들, 푸념하는 소리,

고통에 찬 비명, 외국어가 들렸다.

나는 허드렛일을 전전했다.

모두가 잠들고 꿈의 수호 유령이 나타나는

시각에 아르헨티나와 유럽 전역을 떠돌았다.

그러나 유령들은 다른 사람들의 꿈을 지켜 주었고 나는

그들의 긴급 메시지를 해독할 줄 몰랐다.

아마도 파편적으로 이해할 수 있었고, 그래서 정신 병원과

감옥을 찾아갔다. 파편 조각들,

불타는 음절들.

이따금 키메라[2]의 존재를 믿긴 했지만,

후세는 믿지 않았다.

난 화학, 순수 화학이 적성에 맞았다.

2 그리스 신화에서 티폰과 에키드나 사이에 태어난 머리가 셋인 괴물로, 양(혹은 염소)과 사자와 뱀의 모습을 전부 가지고 있으며 입으로 타오르는 불과 함께 난폭한 기운을 내뿜는다.

PALINGENESIA

Estaba conversando con Archibald MacLeish en el bar Los
    Marinos
De la Barceloneta cuando la vi aparecer, una estatua de yeso
Caminando penosamente sobre los adoquines. Mi
    interlocutor
También la vio y envió a un mozo a buscarla. Durante los
    primeros
Minutos ella no dijo una palabra. MacLeish pidió consomé
    y tapas
De mariscos, pan de payés con tomate y aceite, y cerveza
    San Miguel.
Yo me conformé con una infusión de manzanilla y rodajas
    de pan

윤회

그녀가 석고상처럼 터덜터덜 포석 위를 걸어 나타나는
　　모습을
보았을 때 나는 바르셀로네타[1]의 로스 마리노스[2]라는
　　바에서
아치볼드 매클리시[3]와 얘기를 나누던 중이었다. 나의
　　대화 상대
역시 그녀를 보았고, 그는 웨이터를 보내 그녀를 불러오게
　　했다. 첫 몇 분
동안 그녀는 한마디도 하지 않았다. 매클리시는 콩소메[4]와
　　해물 타파스,[5]
토마토와 올리브유를 곁들인 파예스 빵,[6] 그리고 산 미겔
　　맥주를 주문했다.
나는 카밀러 차와 통밀 빵 몇 조각으로

　　1　바르셀로나의 시우타데야 공원의 남쪽에 있는 해안 구역.
　　2　〈뱃사람들〉이라는 뜻이다.
　　3　Archibald MacLeish(1892~1982). 미국의 시인. 하버드 대학 교수와
국회 도서관장·국무 차관보를 역임했다.
　　4　육류, 채소 따위를 삶아 낸 물을 헝겊에 걸러 낸 맑은 수프.
　　5　식사 전에 술과 곁들여 간단히 먹는 스페인식 전채 요리.
　　6　카탈루냐와 발레아레스 제도의 전통 빵.

Integral. Debía cuidarme, dije. Entonces ella se decidió a
    hablar:
Los bárbaros avanzan, susurró melodiosamente, una masa
    disforme,
Grávida de aullidos y juramentos, una larga noche
    manteada
Para iluminar el matrimonio de los músculos y la grasa.
    Luego
Su voz se apagó y dedicóse a ingerir las viandas. Una mujer
Hambrienta y hermosa, dijo MacLeish, una tentación
    irresistible
Para dos poetas, si bien de diferentes lenguas, del mismo
    indómito
Nuevo Mundo. Le di la razón sin entender del todo sus
    palabras
Y cerré los ojos. Cuando desperté MacLeish se había ido. La
    estatua
Estaba allí, en la calle, sus restos esparcidos entre la
    irregular

충분했다. 몸을 관리해야 해서요, 내가 말했다. 그 순간
    그녀는 말을 하기로 마음먹었다:
야만인들이 진격해 오고 있어요, 그녀가 듣기 좋은 소리로
    속삭였다, 울부짖음과
욕설로 가득 찬 무정형의 덩어리, 근육과 지방의
결합을 비추기 위해 뒤흔들린 기나긴 밤. 이윽고
그녀의 목소리가 잦아들고 그녀는 게걸스럽게 음식을
    먹기 시작했다. 굶주린 아름다운
여자, 매클리시가 말했다, 참을 수 없는 유혹,
비록 다른 언어를 사용하지만, 길들일 수 없는 같은
    신세계 출신의
두 시인에게는. 나는 그의 말을 다 알아듣지는 못했지만
    맞장구를 쳤고
눈을 감았다. 눈을 떠보니 매클리시는 이미 자리에
    없었다. 석고상은
길거리에 있었고, 그 잔해가 울퉁불퉁한 인도와 오래된
포석 사이에 흩어져 있었다. 몇 시간 전까지 푸르렀던
    하늘은 주체할 수 없는

분노처럼 검게 변해 있었다. 비가 오겠어요, 분명한 이유

Acera y los viejos adoquines. El cielo, horas antes azul, se

    había vuelto

Negro como un rencor insuperable. Va a llover, dijo un niño

Descalzo, temblando sin motivo aparente. Nos miramos un

    rato:

Con el dedo indicó los trozos de yeso en el suelo. Nieve, dijo.

No tiembles, respondí, no ocurrirá nada, la pesadilla,

    aunque cercana,

Ha pasado sin apenas tocarnos.

없이

몸을 떨며 맨발의 소년이 말했다. 우리는 잠시 서로를
    바라보았다:

소년은 손가락으로 바닥의 석고 조각들을 가리켰다.

    눈[雪]이에요, 소년이 말했다.

떨지 마, 내가 응답했다, 아무 일도 일어나지 않을 거야,
    비록 가까이 있지만,

악몽은 우리를 거의 건드리지 않고 지나갔잖아.

LAS ENFERMERAS

Una estela de enfermeras emprenden el regreso a casa.

    Protegido

por mis polaroid las observo ir y volver.

Ellas están protegidas por el crepúsculo.

Una estela de enfermeras y una estela de alacranes.

Van y vienen.

¿A las siete de la tarde? ¿A las ocho

de la tarde?

A veces alguna levanta la mano y me saluda. Luego alcanza

su coche, sin volverse, y desaparece

protegida por el crepúsculo como yo por mis polaroid.

Entre ambas indefensiones está el jarrón de Poe.

El florero sin fondo que contiene todos los crepúsculos,

todos los lentes negros, todos

los hospitales.

간호사들

간호사들의 그림자가 집을 향해 출발한다. 나는
선글라스의 보호 속에 그녀들이 오가는 모습을 살핀다.
그녀들은 황혼의 보호를 받고 있다.
간호사들의 그림자와 전갈들의 그림자.
오간다.
저녁 7시? 저녁
8시?
이따금 누군가가 손을 들어 나에게 인사한다. 그러고는
뒤도 돌아보지 않고, 자신의 차에 다다르고, 내가
   선글라스의 보호를 받듯
황혼의 보호 속에 사라진다.
두 개의 무방비 사이에 포[1]의 화병(花瓶)이 놓여 있다.
모든 황혼과 모든 선글라스,
모든 병원이 담긴
밑 빠진 꽃병.

   1 에드거 앨런 포를 말한다.

LOS CREPÚSCULOS DE BARCELONA

Qué decir sobre los crepúsculos ahogados de Barcelona.

    ¿Recordáis

El cuadro de Rusiñol *Erik Satie en el seu estudi*? Así

Son los crepúsculos magnéticos de Barcelona, como los ojos

    y la

Cabellera de Satie, como las manos de Satie y como la

    simpatía

De Rusiñol. Crepúsculos habitados por siluetas soberanas,

    magnificencia

Del sol y del mar sobre estas viviendas colgantes o

    subterráneas

Para el amor construidas. La ciudad de Sara Gibert y de

    Lola Paniagua,

La ciudad de las estelas y de las confidencias absolutamente

    gratuitas.

La ciudad de las genuflexiones y de los cordeles.

바르셀로나의 황혼

바르셀로나의 숨 막힐 듯한 황혼에 대해 무슨 말을 할 수
  있을까? 너희는
루시뇰의 그림 「에리크 사티의 스튜디오」[1]를 기억하니?
  자성(磁性)을 띤
바르셀로나의 황혼은 사티의 눈과 긴 머리카락,
사티의 손, 그리고 루시뇰의 연민을
닮았다. 지고한 실루엣이 거처하는 황혼, 사랑을 위해
지어진, 공중에 매달리거나 혹은 지하에 있는 이 거주지들
  위로 펼쳐진
태양과 바다의 장려함. 사라 지베르트[2]와 롤라
  파니아과[3]의 도시,
잔혼들과 전혀 근거 없는 비밀의 도시,
무릎 꿇기와 끈들의 도시.

---

  1 프랑스의 작곡가이자 피아니스트 에리크 사티Erik Satie 탄생 1백 주
년을 기념하여 스페인 화가 산티아고 루시뇰Santiago Rusiñol이 그린 유화
작품으로, 흰 벽과 대비되는 검은색 옷을 입고 사색에 잠긴 인물을 통해 보
헤미안적 예술가의 고독과 우수를 빼어나게 형상화하고 있다.
  2 Sara Gibert. 바르셀로나 출신의 화가로, 볼라뇨는 그녀를 통해 그 도
시에서 활동하던 화가들과 교유하게 된다.
  3 Lola Paniagua. 바르셀로나 체류 시절의 볼라뇨의 연인으로, 유고 시
집 『미지의 대학』에 「롤라 파니아과」라는 시가 실려 있다.

LA GRIEGA

Vimos a una mujer morena construir el acantilado.

No más de un segundo, como alanceada por el sol. Como

Los párpados heridos del dios, el niño premeditado

De nuestra playa infinita. La griega, la griega,

Repetían las putas del Mediterráneo, la brisa

Magistral: la que se autodirige, como una falange

De estatuas de mármol, veteadas de sangre y voluntad,

Como un plan diabólico y risueño sostenido por el cielo

Y por tus ojos. Renegada de las ciudades y de la República,

Cuando crea que todo está perdido a tus ojos me fiaré.

Cuando la derrota compasiva nos convenza de lo inútil

Que es seguir luchando, a tus ojos me fiaré.

그리스 여자

우린 가무잡잡한 한 여자가 절벽을 세우는 것을 보았다.
마치 태양빛에 찔린 듯한, 찰나의 순간. 신(神)의
상처 입은 눈꺼풀처럼, 우리의 끝없는 해변의
사전에 계획된 소년처럼. 그리스 여자, 그리스 여자,
지중해의 창녀들이 되뇌었다, 위엄 있는
산들바람: 피와 의지로 결 모양을 넣은, 대리석
조각상의 손가락뼈처럼, 하늘과 너의 눈으로
지탱되는 즐거운 악마적 계획처럼, 자기 주도적인
여자. 도시들과 공화국의 변절자.
모든 것을 잃었다고 생각될 때 나 너의 눈을 믿으리라.
인자한 패배가 계속 투쟁하는 것의 부질없음을
우리에게 설득시킬 때, 나 너의 눈을 믿으리라.

EL SEÑOR WILTSHIRE

Todo ha terminado, dice la voz del sueño, y ahora eres el
  reflejo
de aquel señor Wiltshire, comerciante de copra en los mares
  del sur,
el blanco que desposó a Uma, que tuvo muchos hijos,
el que mató a Case y el que jamás volvió a Inglaterra,
eres como el cojo a quien el amor convirtió en héroe:
nunca regresarás a tu tierra (¿pero cuál es tu tierra?),
nunca serás un hombre sabio, vaya, ni siquiera un hombre
razonablemente inteligente, pero el amor y tu sangre
te hicieron dar un paso, incierto pero necesario, en medio
de la noche, y el amor que guió ese paso te salva.

윌트셔 씨

이젠 다 끝났어, 꿈의 목소리가 말한다, 이제 넌
   남양(南洋)의
코프라[1] 무역상, 우마와 결혼하여 많은 자녀를
두었던 백인 남자, 케이스를 살해하고[2]
영영 영국으로 돌아가지 않았던, 저 윌트셔 씨의 그림자,
넌 사랑이 영웅으로 바꿔 놓은 절름발이를 닮았어:
넌 결코 조국으로 돌아가지 않을 것이고(그런데 너의
   조국은 어디?),
지혜롭기는커녕, 어지간히 똑똑한 축에도
들지 못할 거야, 그러나 사랑과 너의 피는,
한밤중에, 확신은 없지만 꼭 필요한 한 걸음을 내딛게
했고, 그 발걸음을 인도한 사랑이 너를 구할 거야.

1 야자 씨의 배젖을 말린 것으로, 지방을 많이 함유하고 있어 과자의 재료, 마가린, 비누, 야자유 따위의 원료로 쓰며 찌꺼기는 짐승의 먹이로 사용한다.
2 윌트셔, 우마, 케이스는 모두 영국 소설가 로버트 루이스 스티븐슨의 정교한 비극적 구조의 단편 「팔레사 해변The Beach of Falesá」에 등장하는 인물들이다.

LLUVIA

Llueve y tú dices *es como si las nubes*

lloraran. Luego te cubres la boca y apresuras

el paso. ¿Como si esas nubes escuálidas lloraran?

Imposible. Pero entonces, ¿de dónde esa rabia,

esa desesperación que nos ha de llevar a todos al diablo?

La Naturaleza oculta algunos de sus procedimientos

en el Misterio, su hermanastro. Así esta tarde

que consideras similar a una tarde del fin del mundo

más pronto de lo que crees te parecerá tan sólo

una tarde melancólica, una tarde de soledad perdida

en la memoria: el espejo de la Naturaleza. O bien

la olvidarás. Ni la lluvia, ni el llanto, ni tus pasos

que resuenan en el camino del acantilado importan.

Ahora puedes llorar y dejar que tu imagen se diluya

en los parabrisas de los coches estacionados a lo largo

del Paseo Marítimo. Pero no puedes perderte.

비

비가 내리고 넌 마치 **구름이 우는 것 같다고**
말한다. 그러고는 입을 가리고 발걸음을
재촉한다. 야윈 구름이 우는 것 같다고?
있을 수 없는 일이다. 하지만 그렇다면, 그 분노, 우리
　모두를
악마에게 데려갈 그 절망은 대체 어디서 오는 걸까?
자연은 이복형제인 신비 안에
몇몇 수단을 감춘다. 그러므로 네가 세계 종말의 오후와
흡사하다고 여기는 오늘 오후는, 네가 생각하는 것보다
더 빨리, 너의 눈에 단지 우울한 오후,
아득한 기억 저편의 쓸쓸한 오후로
비칠 것이다: 대자연의 거울. 아니 어쩌면
너는 이 오후를 잊으리라. 비도, 흐느낌도, 절벽 길에서
울리는 너의 발소리도 중요치 않다.
넌 지금 울어도 되고, 파세오 마리티모[1]를 따라 주차된
차들의 앞 유리 위로 너의 모습이 가물가물 사라지도록
두어도 괜찮다. 그러나 길을 잃어서는 안 된다.

　　1 바르셀로나의 해안 산책로.

LA SUERTE

Él venía de una semana de trabajo en el campo
en casa de un hijo de puta y era diciembre o enero,
no lo recuerdo, pero hacía frío y al llegar a Barcelona la
    nieve
comenzó a caer y él tomó el metro y llegó hasta la esquina
de la casa de su amiga y la llamó por teléfono para que
bajara y viera la nieve. Una noche hermosa, sin duda,
y su amiga lo invitó a tomar café y luego hicieron el amor
y conversaron y mucho después él se quedó dormido y soñó
que llegaba a una casa en el campo y caía la nieve
detrás de la casa, detrás de las montañas, caía la nieve
y él se encontraba atrapado en el valle y llamaba por
    teléfono
a su amiga y la voz fría (¡fría pero amable!) le decía
que de ese hoyo inmaculado no salía ni el más valiente
a menos que tuviera mucha suerte.

행운

그는 시골 어느 후레자식의 집에서 일주일 동안 일을
하고 돌아오는 길이었고 때는 12월 혹은 1월이었다,
기억나지 않지만, 날이 추웠고 바르셀로나에 도착했을 때
　　눈이
내리기 시작했다, 그는 지하철을 타고 여자 친구의 집
　　모퉁이까지
도착해서는 그녀에게 전화를 걸어서 내려와 눈을
보라고 했다. 의심할 여지 없이, 아름다운 밤이었다,
그의 여자 친구는 커피를 권했고, 그 뒤에 두 사람은
　　섹스를 했다,
얘기를 나누고 한참 뒤에 그는 잠에 떨어졌고 꿈을 꾸었다,
꿈속에서 그는 어느 시골집에 도착하고 집 뒤에서
눈이 내리고 있었다, 산 뒤편에서, 눈이 내리고 있었다,
그는 계곡에 갇혔고 여자 친구에게 전화를 걸었는데
차가운(차갑지만 상냥한!) 목소리가 말하길
억세게 운이 좋은 경우가 아니라면 아무리 용감한
　　사람이라도
그 순백의 구덩이에서 빠져나올 수 없다고 했다.

RAYOS X

Si miramos con rayos X la casa del paciente
veremos los fantasmas de los libros en estanterías
  silenciosas
o apilados en el pasillo o sobre veladores y mesas.
También veremos una libreta con dibujos, líneas y flechas
que divergen y se intersecan: son los viajes en compañía
de la muerte. Pero la muerte, pese al soberbio *aide-mémoire*,
aún no ha triunfado. Los rayos X nos dicen que el tiempo
se ensancha y adelgaza como la cola de un cometa
en el interior de la casa. La vida aún da los mejores
frutos. Y así como el mar prometió a Jaufré Rudel
la visión del amor, esta casa cercana al mar promote
a su habitante el sueño de la torre destruida y construida.
Si miramos, no obstante, con rayos X el interior del hombre
veremos huesos y sombras: fantasmas de fiestas
y paisajes en movimiento como contemplados desde un
  avión

엑스레이

엑스레이로 환자의 집을 바라보면

우리는 고요한 서가에 있거나 복도나 침실용 탁자와

테이블 위에 쌓여 있는 책의 유령들을 보게 될 것이다.

또한 그림 낙서와 갈라지고 교차하는 선과

화살표가 있는 수첩도 보일 것이다: 그건 죽음과

   동행하는

여행들이다. 그러나 죽음은, 오만한 **비망록**에도 불구하고,

아직 승리하지 못했다. 엑스레이는 우리에게 말한다,

   시간은

집 안의 혜성 꼬리처럼 넓어지고

가늘어진다고. 삶은 아직 최상의 결실을

선사한다. 바다가 조프레 뤼델[1]에게 사랑의 환영을

약속했던 것처럼, 바닷가의 이 집은 거주자에게

무너졌다 다시 세워진 탑의 꿈을 약속한다.

그러나 엑스레이로 사람의 속을 들여다보면

뼈와 그림자를 보게 될 것이다: 곤두박질치는

비행기에서 바라본 것 같은 움직이는 풍경과

---

1 Jaufré Rudel(1113~1147). 12세기 블라예 공국의 왕자이자 위대한
음유 시인.

en barrena. Veremos los ojos que él vio, los labios

que sus dedos rozaron, un cuerpo surgido

de un temporal de nieve. Y veremos el cuerpo desnudo,

tal como él lo vio, y los ojos y los labios que rozó,

y sabremos que no hay remedio.

축제의 유령들. 우린 그가 보았던 눈[目], 그의 손가락이
스친 입술, 눈보라 속에서 나타난 몸뚱이를
보게 될 것이다. 우린 그가 보았던 그대로의 알몸을,
눈을, 그가 스쳤던 입술을 보게 될 것이고,
그리고 가망이 없음을 알게 될 것이다.

EL ÚLTIMO CANTO DE AMOR DE PEDRO J. LASTARRIA, ALIAS «EL CHORITO»

Sudamericano en tierra de godos,

Éste es mi canto de despedida

Ahora que los hospitales sobrevuelan

Los desayunos y las horas del té

Con una insistencia que no puedo

Sino remitir a la muerte.

Se acabaron los crepúsculos

Largamente estudiados, se acabaron

Los juegos graciosos que no conducen

A ninguna parte. Sudamericano

En tierra más hostil

Que hospitalaria, me preparo

Para entrar en el largo

Pasillo incógnito

Donde dicen que florecen

Las oportunidades perdidas.

Mi vida fue una sucesión

일명 〈엘 초리토〉로 불리는 페드로 J. 라스타리아의 마지막 연가(戀歌)

고트족 땅[1]의 남아메리카인,
내가 죽음의 속성으로 돌릴
수밖에 없는 집요함으로
병원들이 아침 식사와 티타임
위를 날고 있는 지금
이것은 나의 작별 노래.
하염없이 바라보던 황혼은
끝났다, 어떤 결말도
없는 재미있는 게임은
끝났다. 친절하기보다
적대적인 땅의
남아메리카인, 나는 잃어버린
기회들이 꽃핀다고들
하는 미지의 긴
통로로 들어갈
채비를 한다.
나의 삶은 잃어버린

---

1 스페인 또는 이베리아반도를 가리킨다. 5세기부터 711년 이슬람 세력이 침입할 때까지 이베리아반도는 서고트 왕국이 지배했다.

De oportunidades perdidas,

Lector de Catulo en latín

Apenas tuve valor para pronunciar

Sine qua non o *Ad hoc*

En la hora más amarga

De mi vida. Sudamericano

En hospitales de godos, ¿qué hacer

Sino recordar las cosas amables

Que una vez me acaecieron?

Viajes infantiles, la elegancia

De padres y abuelos, la generosidad

De mi juventud perdida y con ella

La juventud perdida de tantos

Compatriotas

Son ahora el bálsamo de mi dolor,

Son ahora el chiste incruento

기회들의 연속이었다,

카툴루스[2]를 라틴어로 읽었지만

나의 삶의 가장 신산한

시기에 *Sine qua non*[3]이나

Ad hoc[4]를 발음할 배포도

거의 없었다. 고트족

병원에 있는 남아메리카인, 한때

나에게 있었던 기분 좋은 일들을

회상하는 것 말고 뭘 할 수 있을까?

유년기의 여행, 부모와

조부모의 기품, 잃어버린

내 청춘의 관대함, 그리고

그것과 더불어 수많은 동포들의 잃어버린

청춘은

지금 내 고통의 안식처

지금 고트족들이 이해하지 못하거나

---

2 Gaius Valerius Catullus(B.C. 84?~B.C. 54?). 고대 로마의 서정시인.

3 라틴어로 〈필수적〉이라는 뜻.

149 4 라틴어로 〈위시적〉, 〈임시변통의〉라는 뜻.

Desencadenado en estas soledades

Que los godos no entienden

O que entienden de otra manera.

También yo fui elegante y generoso:

Supe apreciar las tempestades,

Los gemidos del amor en las barracas

Y el llanto de las viudas,

Pero la experiencia es una estafa.

En el hospital sólo me acompañan

Mi inmadurez premeditada

Y los resplandores vistos en otro planeta

O en otra vida.

La cabalgata de los monstrous

En donde «El Chorito»

Tiene un papel destacado.

Sudamericano en tierra de

Nadie, me preparo

Para entrar en el lago

Inmóvil, como mi ojo,

혹은 다른 식으로 이해하는

이 고독들 속에 풀려난

핏기 없는 농담이다.

나 역시 기품 있고 관대했다:

폭풍우와 오두막에서 흘러나오는

사랑의 신음 소리, 과부들의

탄식을 분간할 줄 알았다,

그러나 경험은 기만이다.

병원에서 유일하게 나와 동행하는 건

나의 의도된 미성숙과

다른 행성 혹은 다른 삶에서 스치듯 보았던

광채들뿐.

〈엘 초리토〉가

주연을 맡은

괴물들의 행렬.

주인 없는 땅의

남아메리카인, 나는

입사광부터

151 입사각까지,

Donde se refractan las aventuras

De Pedro Javier Lastarria

Desde el rayo incidente

Hasta el ángulo de incidencia,

Desde el seno del ángulo

De refracción

Hasta la constante llamada

Índice de refracción.

En plata: las malas cosas

Convertidas en buenas,

En apariciones gloriosas

Las metidas de pata,

La memoria del fracaso

Convertida en la memoria

Del valor. Un sueño,

Tal vez, pero

Un sueño que he ganado

A pulso.

Que nadie siga mi ejemplo

굴절각의

사인값부터

굴절률이라 불리는

상수(常數)까지

페드로 하비에르 라스타리아의

모험들이 굴절되는,

내 눈처럼 잔잔한,

호수에 들어갈 채비를 한다.

한마디로 말해:

전화위복,

영광스러운 발현으로

둔갑한 어리석은 실수,

용기의 기억으로

탈바꿈한 좌절의

기억. 어쩌면,

하나의 꿈, 그러나

나 자신의 노력으로

이룬 꿈.

그 누구도 나를 본받지 마라,

Pero que sepan

Que son los músculos de Lastarria

Los que abren este camino.

Es el córtex de Lastarria,

El entrechocar de dientes

De Lastarria, el que ilumina

Esta noche negra del alma,

Reducida, para mi disfrute

Y reflexión, a este rincón

De habitación en sombras,

Como piedra afiebrada,

Como desierto detenido

En mi palabra.

Sudamericano en tierra

De sombras,

Yo que siempre fui

Un caballero,

Me preparo para asistir

A mi propio vuelo de despedida.

그러나 이 길을 여는 것은
라스타리아의 근육임을
알라.
나의 기쁨과 묵상을 위해,
달아오른 돌처럼,
나의 말 속에
붙들린 사막처럼,
어둠에 잠긴 이 방구석으로
축소된,
영혼의 어두운 밤을
밝히는 것은 라스타리아의
피질, 라스타리아의
서로 부딪히는 이빨이다.
어둠의 땅의
남아메리카인,
언제나 신사였던
나는,
나 자신의 작별 비행에
참가할 채비를 한다.

MI VIDA EN LOS TUBOS DE SUPERVIVENCIA

Como era pigmeo y amarillo y de facciones agradables

Y como era listo y no estaba dispuesto a ser torturado

En un campo de trabajo o en una celda acolchada

Me metieron en el interior de este platillo volante

Y me dijeron vuela y encuentra tu destino. ¿Pero qué

Destino iba a encontrar? La maldita nave parecía

El holandés errante por los cielos del mundo, como si

Huir quisiera de mi minusvalía, de mi singular

Esqueleto: un escupitajo en la cara de la Religión,

Un hachazo de seda en la espalda de la Felicidad,

Sustento de la Moral y de la Ética, la escapada hacia

    Adelante

De mis hermanos verdugos y de mis hermanos

    desconocidos.

Todos finalmente humanos y curiosos, todos huérfanos y

Jugadores ciegos en el borde del abismo. Pero todo eso

En el platillo volador no podía sino serme indiferente.

생존 튜브에서의 삶

서글서글한 이목구비의 땅딸보 황인종이었기에
그리고 영민한 데다 강제 노동 수용소나 벽면에 패드를 댄
정신 병원 병실에서 고문당하는 것을 꺼렸기에
사람들은 나를 이 비행접시 안에 집어넣고는
날아가서 너의 운명을 찾아, 라고 말했다. 그런데 대체
무슨 운명을 찾으라는 건지? 빌어먹을 우주선은 세상의
하늘들을 떠도는 네덜란드인[1]처럼 보였고, 마치 나의
심신 장애, 나의 기이한 해골에서 달아나고 싶어 하는
듯했다: 종교의 얼굴에 침 뱉기,
윤리 도덕의 토대인 행복의 등짝을 내리찍는
비단처럼 부드러운 도끼질, 나의 망나니 형제들과
생면부지의 형제들을 피해 앞을 향해 줄행랑치기.
결국 인간적이고 호기심 많은 모든 사람들, 심연
   가장자리에
있는 모든 고아들과 눈먼 선수들. 그러나 비행접시 안의
그 모든 것은 전혀 나의 관심사가 아니었다.
혹은 아득한 것. 혹은 부차적인 것. 반역적인 나의

1 영어로는 〈*Flying Dutchman*〉으로, 항구에 정박하지 못하고 대양을
영원히 떠돌아야 하는 전설 속의 유령선.

O lejano. O secundario. La mayor virtud de mi traidora
   especie
Es el valor, tal vez la única real, palpable hasta las lágrimas
Y los adioses. Y valor era lo que yo demandaba encerrado en
El platillo, asombrando a los labradores y a los borrachos
Tirados en las acequias. Valor invocaba mientras la maldita
   nave
Melaba por guetos y parques que para un paseante
Serían enormes, pero que para mí sólo eran tatuajes sin
   sentido,
Palabras magnéticas e indescifrables, apenas un gesto
Insinuado bajo el manto de nutrias del planeta.
¿Es que me había convertido en Stefan Zweig y veía avanzar
A mi suicida? Respecto a esto la frialdad de la nave
Era incontrovertible, sin embargo a veces soñaba

종(種)의 최고의 미덕은

용기다, 아마도 눈물을 흘리며 작별할 때조차 손에

　　만져질 듯한, 실재하는

유일한 미덕일 것이다. 용수로에 널브러진 농부들과

　　취객들을

경악케 하며, 비행접시에 갇혀 내가 필요로 한 것은

용기였다. 지나가는 사람들에게는 거대하겠지만

내게는 무의미한 문신이며 자성(磁性)을 띤 해독할 수

없는 말일 뿐이고, 기껏해야 행성의 수달피 망토 아래에서

암시된 몸짓에 불과한 빈민가와 공원 상공을 빌어먹을

　　우주선이

선회하는 동안 나는 용기를 간구했다.

내가 슈테판 츠바이크[2]가 되어 나의 자살이 다가오는

　　것을

보고 있었을까? 이와 관련해 우주선의 혹독한 추위는

---

　　2 Stefan Zweig(1881~1942). 오스트리아의 유대계 소설가이자 전기
작가. 1935년 나치에 쫓겨 영국을 거쳐 미국으로 망명하였으며 1941년에는
브라질로 이주하였으나, 유럽의 전도를 비관하며 1942년 〈자유의지와 맑은
정신으로〉 먼저 세상을 떠난다는 유서를 남기고 부인과 동반 자살했다.

Con un país cálido, una terraza y un amor fiel y
  desesperado.
Las lágrimas que luego derramaba permanecían en la
  superficie
Del platillo durante días, testimonio no de mi dolor, sino de
Una suerte de poesía exaltada que cada vez más a menudo
Apretaba mi pecho, mis sienes y caderas. Una terraza,
Un país cálido y un amor de grandes ojos fieles
Avanzando lentamente a través del sueño, mientras la nave
Dejaba estelas de fuego en la ignorancia de mis hermanos
Y en su inocencia. Y una bola de luz éramos el platillo y yo
En las retinas de los pobres campesinos, una imagen
  perecedera
Que no diría jamás lo suficiente acerca de mi anhelo
Ni del misterio que era el principio y el final
De aquel incomprensible artefacto. Así hasta la
Conclusión de mis días, sometido al arbitrio de los vientos,
Soñando a veces que el platillo se estrellaba en una serranía
De América y mi cadáver casi sin mácula surgía

이론의 여지가 없었다, 그럼에도 이따금 나는 어느 따뜻한
　　나라,
테라스, 그리고 절망적인 신실한 사랑을 꿈꾸었다.
나중에 내가 흘린 눈물은 며칠 동안 계속 비행접시의
표면에 남아 있었다, 그것은 나의 고통의 증거가 아니라,
점점 더 빈번하게 나의 가슴, 나의 관자놀이와 둔부를
　　옥죄는
일종의 격정적인 시(詩)의 증거였다. 테라스,
어느 따뜻한 나라, 그리고 꿈을 가로질러 천천히
다가오는 신실한 커다란 눈의 사랑, 그사이 우주선은
내 형제들의 무지와 그들의 천진함에 불의 흔적을
남겼다. 가난한 농부들의 망막에서 비행접시와 나는
빛 덩어리였다, 나의 갈망에 대해서도,
그 이해할 수 없는 인공 장치의 처음이자 끝이었던
신비에 대해서도 결코 충분히 말해 주지
않을 덧없는 이미지. 내 생이 끝나는
날까지 그러하리라, 바람이 부는 대로,
이따금 비행접시가 아메리카의 산악 지대에 부딪치고

161　거의 생채기 하나 없는 내 시신이 늙은 산사람들과

Para ofrecerse al ojo de viejos montañeses e historiadores:

Un huevo en un nido de hierros retorcidos. Soñando

Que el platillo y yo habíamos concluido la danza
     peripatética,

Nuestra pobre crítica de la Realidad, en una colisión
     indolora

Y anónima en alguno de los desiertos del planeta. Muerte

Que no me traía el descanso, pues tras corromperse mi
     carne

Aún seguía soñando.

역사가들에게 발견되기 위해, 뒤틀린 쇠 둥지 속
하나의 알처럼 솟아오르는 꿈을 꾸며. 비행접시와
내가 행성의 어느 사막에서 고통 없는
익명의 충돌로 우리의 기괴한 춤, 우리의 시답잖은
현실 비판을 끝마친 꿈을 꾸며. 나에게
쉴 틈을 주지 않은 죽음, 육신이 썩어 문드러진 뒤에도
나는 여전히 계속 꿈을 꾸고 있었으니.

JUNTO AL ACANTILADO

En hoteles que parecían organismos vivos.

En hoteles como el interior de un perro de laboratorio.

Hundidos en la ceniza.

El tipo aquel, semidesnudo, ponía la misma canción una y
otra vez.

Y una mujer, la proyección holográfica de una mujer, salía
a la terraza

a contemplar las pesadillas o las astillas.

Nadie entendía nada.

Todo fallaba: el sonido, la percepción de la imagen.

Pesadillas o astillas empotradas en el cielo

a las nueve de la noche.

En hoteles que parecían organismos vivos de películas de
terror.

Como cuando uno sueña que mata a una persona

que no acaba nunca de morir.

O como aquel otro sueño: el del tipo que evita un atraco

o una violación y golpea al atracador

hasta arrojarlo al suelo y allí lo sigue golpeando

벼랑 끝에서

살아 있는 생물체를 닮은 호텔들에서.

재 속에 가라앉은.

실험실 개의 배 속 같은 호텔들에서.

그 사내는, 반나체 상태로, 같은 노래를 반복해서 계속
　　재생했다.

한 여자의 홀로그램 투사체인, 어느 여자가 악몽들 혹은
　　나뭇조각들을

응시하기 위해 테라스로 나가곤 했다.

그 누구도 전혀 이해하지 못했다.

모든 것이 어긋났다: 사운드, 이미지 인식.

밤 9시에

하늘에 박힌 나뭇조각들 혹은 악몽들.

공포 영화의 살아 있는 생물체를 닮은 호텔들에서.

결코 죽지 않는 사람을

죽이는 꿈을 꿀 때처럼.

혹은 강도짓이나 폭행을 모면하고 나서 괴한을 구타하는

사내가 등장하는 다른 꿈처럼.

결국 괴한은 바닥에 나뒹굴고 사내는 연거푸 주먹을
　　날린다,

y una voz (¿pero qué voz?) le pregunta al atracador

cómo se llama

y el atracador dice tu nombre

y tú dejas de golpear y dices no puede ser, ése es mi

nombre,

y la voz (las voces) dicen que es una casualidad,

pero tú en el fondo nunca has creído en las casualidades.

Y dices: debemos de ser parientes, tú eres el hijo

de alguno de mis tíos o de mis primos.

Pero cuando lo levantas y lo miras, tan flaco, tan frágil,

comprendes que también esa historia es mentira.

Tú eres el atracador, el violador, el rufián inepto

que rueda por las calles inútiles del sueño.

Y entonces vuelves a los hoteles-coleópteros, a los

hoteles-araña,

a leer poesía junto al acantilado.

한 목소리(그런데 어떤 목소리?)가 괴한에게

이름이 뭔지 묻는다,

괴한은 너의 이름을 말한다,

네가 주먹질을 멈추고 그럴 리 없어, 그건 내 이름이야,
  라고 소리치자,

목소리(목소리들)는 우연의 일치라고 답한다,

그러나 너는 속으로는 결코 우연을 믿지 않았다.

그래서 너는 말한다: 우린 친척이 분명해, 넌 어느
  삼촌이나

사촌의 자식인 거야.

그러나 그를 번쩍 들어 올려 말라깽이에, 허약하기 짝이
  없는 몰골을 보고는,

그 말 역시 사실이 아님을 알아챈다.

넌 괴한에, 강간범이고, 꿈속의 쓸모없는

거리를 배회하는 어리숙한 불량배다.

이윽고 너는 딱정벌레-호텔들, 거미-호텔들로 돌아간다,

벼랑 끝에서 시(詩)를 읽기 위해.

BÓLIDO

El automóvil negro desaparece
en la curva del ser. Yo
aparezco en la explanada:
todos van a fallecer, dice el viejo
que se apoya en la fachada.
No me cuentes más historias:
mi camino es el camino
de la nieve, no del parecer
más alto, más guapo, mejor.
Murió Beltrán Morales,
o eso dicen, murió
Juan Luis Martínez,
Rodrigo Lira se suicidó.

레이싱카

검은 자동차가 존재의 커브 길로
사라진다. 나는
텅 빈 공터에 모습을 나타낸다:
모두들 죽을 거야, 건물 외벽에
몸을 기대고 노인이 말한다.
바보 같은 소리 하지 마:
나의 길은 가장 높고, 가장 수려한,
최상의 모습의 길이 아니라,
눈길이야.
벨트란 모랄레스[1]가 죽었다,
아니 그렇게들 말한다,
후안 루이스 마르티네스[2]가 죽었다,
로드리고 리라[3]가 자살했다.

---

1 Beltran Morales(1944~1986). 반시(反詩) 계열의 시를 쓴 니카라과의 시인.

2 Juan Luis Martínez(1942~1993). 칠레의 아방가르드 시인이자 시각예술가.

3 Rodrigo Lira(1949~1981). 니카노르 파라와 엔리케 린Enrique Lihn의 흐름을 잇는 칠레 시인으로, 아이러니와 언어 실험, 상호 텍스트성, 블랙유머가 두드러지는 시를 썼다. 파괴성 조현병을 앓았던 그는 서른두 번째 생일에 자살했다.

Murió Philip K. Dick

y ya sólo necesitamos

lo estrictamente necesario.

Ven, métete en mi cama.

Acariciémonos toda la noche

del ser y de su negro coche.

필립 K. 딕[4]이 죽었고
이제 우리는 꼭 필요한
것을 필요로 할 뿐이다.
자, 나의 침대로 들어와.
존재와 그의 검은 자동차의
긴긴 밤이 다하도록 서로 애무하자.

4 Philip K. Dick(1928~1982). 20세기 SF를 대표하는 작가. 평생 불안한 삶과 생활고에 시달리다가 심장마비로 세상을 떠나기 몇 년 전에야 제대로 평가받기 시작했다.

EL ÚLTIMO SALVAJE

1

Salí de la última función a las calles vacías. El esqueleto
pasó junto a mí, temblando, colgado del asta
de un camión de basura. Grandes gorros amarillos
ocultaban el rostro de los basureros, aun así creí
    reconocerlo:
un viejo amigo. ¡Aquí estamos!, me dije a mí mismo
unas doscientas veces,
hasta que el camión desapareció en una esquina.

2

No tenía adonde ir. Durante mucho tiempo
vagué por los alrededores del cine

최후의 야만인[1]

1

마지막 상영이 끝나고 텅 빈 거리로 나갔다. 해골의
    사내가
내 곁을 지나갔다, 쓰레기차 손잡이에 매달려,
몸을 떨면서. 커다란 노란색 모자가 청소부들의 얼굴을
가렸지만, 그래도 옛 친구인 그를 나는 알아본
것 같았다. 너도 나처럼 그냥 이렇게 살고 있구나! 난
    속으로 2백 번쯤
혼잣말을 되뇌었다,
트럭이 길모퉁이로 사라질 때까지.

2

갈 곳이 없었다. 오랫동안

1 이탈리아에서 1978년에 제작된 다큐멘터리 영화 「최후의 인간이여
안녕Addio ultimo uomo」의 스페인어 제목. 쌍둥이 형제인 알프레도 카스
틸리오니Alfredo Castiglioni와 안젤로 카스틸리오니Angelo Castiglioni가
감독했다.

buscando una cafetería, un bar abierto.

Todo estaba cerrado, puertas y contraventanas, pero

lo más curioso era que los edificios parecían vacíos, como

si la gente ya no viviera allí. No tenía nada que hacer

salvo dar vueltas y recorder

pero incluso la memoria comenzó a fallarme.

3

Me vi a mí mismo como *El Último Salvaje* montado en

una motocicleta blanca, recorriendo los caminos

de Baja California. A mi izquierda el mar, a mi derecha el

    mar

y en mi centro la caja llena de imágenes que paulatinamente

se iban desvaneciendo. ¿Al final la caja quedaría vacía?

¿Al final la moto se iría junto con las nubes?

¿Al final Baja California y *El Último Salvaje* se

fundirían con el Universo, con la Nada?

카페나 열려 있는 바를 찾아

극장 주변을 배회했다.

가는 곳마다 문과 셔터가 닫혀 있었는데,

너무 신기하게도 건물들은 텅 빈 것처럼 보였고, 마치

   이젠 그곳에

사람이 살지 않는 것 같았다. 빙빙 돌며 추억을 회상하는

것 말고는 할 일이 전혀 없었다,

그러나 기억조차 어긋나기 시작했다.

   3

나 자신이 흰색 오토바이를 타고, 바하칼리포르니아의

도로를 달리는 **최후의 야만인**으로

보였다. 나의 왼편에도, 나의 오른편에도 바다,

그리고 나의 중앙에는 점차 희미해져 가는 이미지들로

가득한 상자. 결국 상자는 비워졌을까?

결국 오토바이는 구름 떼와 함께 사라졌을까?

결국 바하칼리포르니아와 **최후의 야만인**은 우주와,

무(無)와 하나로 합쳐졌을까?

4

Creí reconocerlo: debajo del gorro amarillo de basurero un amigo

de la juventud. Nunca quieto. Nunca demasiado tiempo en un solo

registro. De sus ojos oscuros decían los poetas: son como dos volantines

suspendidos sobre la ciudad. Sin duda el más valiente. Y sus ojos

como dos volantines negros en la noche negra. Colgado

del asta del camión el esqueleto bailaba con la letra de nuestra

juventud. El esqueleto bailaba con los volantines y con las sombras.

5

Las calles estaban vacías. Tenía frío y en mi cerebro se

4

나는 그를 알아본 것 같았다: 노란 청소부 모자를 푹
　눌러쓴
젊은 시절의 친구. 결코 한곳에 머물지 않았고, 이리저리
　분주하게
뛰어다녔던. 시인들은 그의 검은 눈에 대해 말하곤 했다:
　도시 위에 걸린
두 개의 연 같다고. 의심의 여지 없이 최고로 용감한 사람.
　캄캄한 밤
두 개의 검은 연 같은 그의 눈. 트럭
손잡이에 매달린 채, 해골은 우리의 젊은 시절의 노랫말에
　맞춰
춤추고 있었다. 해골은 연과 그림자 들과 함께 춤추고
　있었다.

5

거리는 텅 비어 있었다. 나는 추웠고 「최후의 야만인」의

sucedían

las escenas de *El Último Salvaje.* Una película de acción, con

trampa:

las cosas sólo ocurrían aparentemente. En el fondo: un valle

quieto,

petrificado, a salvo del viento y de la historia. Las motos, el

fuego

de las ametralladoras, los sabotajes, los 300 terroristas

muertos, en realidad

estaban hechos de una sustancia más leve que los sueños.

Resplandor

visto y no visto. Ojo visto y no visto. Hasta que la pantalla

volvió al blanco, y salí a la calle.

6

Los alrededores del cine, los edificios, los árboles, los

buzones de correo,

las bocas del alcantarillado, todo parecía más grande que

      장면들이

주마등처럼 머릿속을 스쳐 갔다. 함정이 있는, 액션 영화:

겉으로는 사건들이 일어나는 것처럼 보였다. 그러나

      실제로는: 바람과 역사로부터

안전한, 석화된 평온한 계곡. 오토바이, 불을 뿜는

기관총, 사보타주, 사망한 3백 명의 테러리스트, 실제로

      그것들은

꿈보다 더 가벼운 물질로 만들어져 있었다. 보였다 안

      보였다 하는

광채. 보였다 안 보였다 하는 눈. 마침내 스크린이

올라갔고, 나는 거리로 나갔다.

      6

극장 주변, 건물들, 나무들, 우체통들,

하수도 입구들, 모든 게 영화를 보기 전보다

더 커 보였다. 격자 천장은 허공에 걸린 거리 같았다.

고정된 영화의 세계에서 나와 거인들의 도시로

179   들어갔던 걸까? 나는 잠시 크기와 원근감이 미쳐

antes

de ver la película. Los artesonados eran como calles

suspendidas en el aire.

¿Había salido de una película de la fijeza y entrado en una

ciudad

de gigantes? Por un momento creí que los volúmenes y las

perspectivas

enloquecían. Una locura natural. Sin aristas. ¡Incluso mi

ropa

había sido objeto de una mutación! Temblando, metí las

manos

en los bolsillos de mi guerrera negra y eché a andar.

7

Seguí el rastro de los camiones de basura sin saber a ciencia

cierta

qué esperaba encontrar. Todas las avenidas

desembocaban en un Estadio Olímpico de magnitudes

돌아가고 있다고
생각했다. 분명한 정신 착란. 에누리 없는. 심지어 나의
　　옷조차
돌연변이의 대상이었다! 나는 몸을 떨며, 검정
배틀재킷 주머니에 손을 찌르고 걷기 시작했다.

　　7

찾아내고 싶은 게 무엇인지 확실히 알지 못한 채
　　쓰레기차의
바큇자국을 따라갔다. 모든 거리는
거대한 규모의 올림픽 경기장으로 이어졌다.
우주의 빈 공간에 스케치된 올림픽 경기장.
나는 별 없는 밤, 어느 멕시코 여자의 눈, 잭나이프를 든
　　벌거벗은
상반신의 사춘기 소년을 떠올렸다. 나는 손을 더듬어야
　　할 정도로
칠흑 같은 곳에 있어, 라고 생각했다. 여기엔 아무도 없다.

colosales.

Un Estadio Olímpico dibujado en el vacío del universo.

Recordé noches sin estrellas, los ojos de una mexicana, un
   adolescente

con el torso desnudo y una navaja. Estoy en el lugar donde
   sólo

se ve con la punta de los dedos, pensé. Aquí no hay nadie.

8

Había ido a ver *El Último Salvaje* y al salir del cine

no tenía adonde ir. De alguna manera yo era

el personaje de la película y mi motocicleta negra me
   conducía

directamente hacia la destrucción. No más lunas rielando

sobre las vitrinas, no más camiones de basura, no más

desaparecidos. Había visto a la muerte copular con el sueño

y ahora estaba seco.

8

나는 「최후의 야만인」을 보러 갔고 극장을 나와
마땅히 갈 곳이 없었다. 어떤 의미에서 나는 영화 속
인물이었고 검은 오토바이는 나를 곧장 파멸로
이끌고 있었다. 쇼윈도에서 반짝이는 달빛도
더는 없었고, 쓰레기차도, 길 잃은 사람들도
더는 없었다. 나는 죽음이 꿈과 교미하는 것을 보았고
이제 녹초가 되었다.

NI CRUDO NI COCIDO

Como quien hurga en un brasero apagado.

Como quien remueve los carbones y recuerda.

La Tempestad de Shakespeare, pero una lluvia sin fin.

Como quien observa un brasero que exhala gases tóxicos

en una gran habitación vacía.

Aunque tal vez la grandeza de la habitación

resida en la edad del observador.

En todo caso: vacía, oscura, el suelo desigual,

con cortinas donde no deberían,

y muy pocos muebles.

Como quien mueve las brasas

y aspira a todo pulmón

el aire criminal de la infancia.

Como quien se acuclilla y piensa.

Como quien remueve el carbón

bajo *La Tempestad* de Shakespeare que golpea las calaminas.

Como el carbón que exhala gases.

Como las brasas deshojadas como una cebolla

bajo la batuta del detective latinoamericano.

반생반숙(半生半熟)

불 꺼진 화로를 휘젓는 사람처럼.

숯을 헤집으며 기억을 더듬는 사람처럼.

셰익스피어의 「폭풍우」, 그러나 끝없이 내리는 비.

텅 빈 커다란 방에서 유독 가스를 발산하는

화로를 지켜보는 사람처럼.

설령 어쩌면 방이 거대해 보이는 것은

관찰자의 나이 탓일지라도.

어쨌든: 어둡고, 휑한 방, 우툴두툴한 바닥,

엉뚱한 곳에 달려 있는 커튼,

단출한 세간.

불씨를 휘저으며

있는 힘껏 유년기의 범죄의

공기를 들이마시는 사람처럼.

쭈그리고 앉아 생각하는 사람처럼.

양철 지붕을 두드려 대는 셰익스피어의 「폭풍우」

　　아래에서

숯을 헤집는 사람처럼.

가스를 발산하는 숯처럼.

라틴 아메리카 탐정의 지휘하에

Aunque tal vez todos estemos locos

y nunca haya habido un crimen.

Como quien camina de la mano

de un maníaco depresivo.

Escuchando a la lluvia batir

los bosques, los caminos.

Como quien respira junto al brasero

y su mente remueve las brasas

una a una.

Como quien se vuelve a mirar a alguien

por última vez

y no lo ve.

Como las brasas que arden

mientras Ariel y Calibán

sostienen la soledad del muro del oeste.

양파처럼 껍질이 벗겨진 불씨처럼.

설령 어쩌면 우리 모두 제정신이 아니고

결코 범죄가 없었을지라도.

조울증 환자의 손을

잡고 걸어가는 사람처럼.

빗줄기가 숲을, 길을

두드리는 소리에 귀를 기울이며.

화로 옆에서 숨을 내쉬며

머릿속으로 하나하나

불씨를 헤집는 사람처럼.

누군가를 마지막으로

다시 쳐다보지만

그를 보지 못하는 사람처럼.

에어리얼과 캘리번[1]이

서쪽 벽의 고독을 떠받치는 동안

1 셰익스피어의 희곡 「폭풍우」에 등장하는 인물들로 에어리얼은 공기의 정령이고 캘리번은 추악한 괴물이다. 프로스페로의 노예인 캘리번은 야만의 상징으로서 유럽 중심주의적 시각에서 흔히 아메리카의 원주민과 동일시되었다.

Acuclillados uno frente al otro.

Como quien busca su rostro

en el corazón de la cebolla.

Hurgando, hurgando

pese al frío y los gases:

un abrigo de fantasía.

Como quien remueve el brasero apagado

con la batuta de un detective

inexistente.

Y *La Tempestad* de Shakespeare

no aminora en esta isla maldita.

Ah, como quien remueve las brasas

y aspira a todo pulmón.

타오르는 불씨처럼.

쭈그리고 마주 앉아.

양파의 중심에서

자신의 얼굴을 찾는 사람처럼.

추위와 가스에도 아랑곳없이

뒤적이고, 또 뒤적이며:

환상의 외투.

존재하지 않는

탐정의 지휘봉으로

불 꺼진 화로를 헤집는 사람처럼.

그런데 셰익스피어의 「폭풍우」는

이 저주받은 섬에서 잦아 들지 않는다.

아, 불씨를 헤집으며 있는 힘껏

숨을 들이마시는 사람처럼.

ATOLE

Vi a Mario Santiago y Orlando Guillén
los poetas perdidos de México
tomando atole con el dedo

En los murales de una nueva Universidad
llamada infierno o algo que podía ser
una especie de infierno pedagógico

Pero os aseguro que la música de fondo
era una huasteca veracruzana o tamaulipeca
no soy capaz de precisarlo

Amigos míos era el día en que se estrenaba
Los Poetas Perdidos de México
así que ya se lo pueden imaginar

아톨레[1]

길 잃은 멕시코 시인들인
마리오 산티아고와 오를란도 기엔[2]이
손가락으로 아톨레를 찍어 먹는 것을 보았다

지옥 혹은 일종의 교육학적 지옥일
수 있는 어떤 것으로 불리는
신설 대학의 벽화에서

그러나 단언컨대 배경 음악은
베라크루스 혹은 타마울리파스의 우아스테카[3]였는데
꼬집어서 말할 수는 없다

벗들이여, 때는
「길 잃은 멕시코 시인들」이 개봉된 날이었다
그러니 어떤 분위기인지 감이 잡힐 것이다

1 물이나 우유에 푼 옥수수 가루로 만드는 멕시코 전통 음료.
2 Orlando Guillén(1945~). 멕시코 시인. 1970년대에 잡지 『레 프로사
Le prosa』를 발행했으며, 마리오 산티아고와 볼라뇨는 이 잡지에 글을 썼다.
3 타마울리파스, 베라크루스 등 멕시코만 연안 지역에 거주하는 마야계
아메리카 원주민 부족의 전통 음악.

Y Mario y Orlando reían pero como en cámara lenta

como si en el mural en el que vivían

no existiera la prisa o la velocidad

No sé si me explico

como si sus risas se desplegaran minuciosamente

sobre un horizonte infinito

Esos cielos pintados por el Dr. Atl, ¿los recuerdas?

sí, los recuerdo, y también recuerdo

las risas de mis amigos

그런데 마리오와 오를란도는 슬로모션처럼 웃고 있었다
마치 그들이 살았던 벽화에는
조급함 혹은 속도가 존재하지 않는 것처럼

마치 그들의 웃음소리가 끝없이 펼쳐진 지평선
위로 세밀하게 퍼지는 듯하다고
표현하면 어떨지 모르겠다

넌 아틀 박사[4]가 그린 하늘을 기억하니?[5]
그럼, 기억하지, 친구들의
웃음소리도 기억나

4 Dr. Atl(1875~1964). 멕시코의 화가이자 작가인 헤라르도 무리요 코르나도Gerardo Murillo Cornado의 필명. 벽화 운동의 선구자이자 반아카데미주의를 추구한 교육가로 수많은 멕시코 현대 화가들을 배출해 냈다.

5 작가는 『야만스러운 탐정들』에서 등장인물 라우라 하우레기의 입을 통해 이 시를 언급하고 있다. 〈그는 어디나 하늘은 다 똑같다고, 도시는 저마다 달라도 하늘은 매한가지라고 말했다. 나는 그렇지 않다고, 그렇게 믿지 않는다고, 아르투로 너도 아틀 박사가 그린 하늘이 다른 그림 혹은 다른 곳의 하늘과는 다르다고 노래한 시를 쓰지 않았느냐고 말했다.〉(우석균 옮김, 열린책들, 2012, 337쪽) 여기에서 아르투로 벨라노가 작가 볼라뇨의 분신임을 분명하게 확인할 수 있다.

Cuando aún no vivían dentro del mural laberíntico

aparaciendo y desapareciendo como la poesía verdadera

ésa que ahora visitan los turistas

Borrachos y drogados como escritos con sangre

ahora desaparecen por el esplendor geométrico

que es el México que les pertenece

El México de las soledades y los recuerdos

el del metro nocturno y los cafés chinos

el del amanecer y el del atole

지금은 관광객들이 방문하는 바로 그
진정한 시(詩)처럼 나타나고 사라지기를 반복하며
그들이 아직 미로 같은 벽화 속에 살지 않았을 때

피로 쓰인 것처럼 술에 취하고 마약에 취하여
그들은 지금 자신들이
속한 멕시코라는 기하학적 광채 속으로 사라진다

고독과 추억의 멕시코
야간 지하철과 중국식 카페의 멕시코
동틀 녘의 멕시코 그리고 아톨레의 멕시코

EL BURRO

A veces sueño que Mario Santiago

Viene a buscarme con su moto negra.

Y dejamos atrás la ciudad y a medida

Que las luces van desapareciendo

Mario Santiago me dice que se trata

De una moto robada, la última moto

Robada para viajar por las pobres tierras

Del norte, en dirección a Texas,

Persiguiendo un sueño innombrable,

Inclasificable, el sueño de nuestra juventud,

Es decir el sueño más valiente de todos

Nuestros sueños. Y de tal manera

Cómo negarme a montar la veloz moto negra

Del norte y salir rajados por aquellos caminos

Que antaño recorrieran los santos de México,

Los poetas mendicantes de México,

당나귀

이따금 마리오 산티아고가 검은
오토바이를 타고 나를 찾아오는 꿈을 꾼다.
우리는 도시를 뒤로하고 떠나고
불빛들이 사라져 갈 때
마리오 산티아고는 실은 훔친
오토바이라고 실토한다, 분류할 수도,
명명할 수도 없는 꿈, 우리
청춘의 꿈, 다시 말해
우리의 꿈을 통틀어 가장 용기 있는
꿈을 좇아, 텍사스 방향으로, 북쪽의 메마른
땅을 여행하기 위해 마지막으로
훔친 오토바이란다. 그렇게 말하는데,
북쪽의 날쌘 검은색 오토바이를 타고
오래전 멕시코의 성인들, 비렁뱅이
멕시코 시인들, 테피토[1] 혹은
게레로 지구[2] 출신의 음울한

Las sanguijuelas taciturnas de Tepito

O la colonia Guerrero, todos en la misma senda,

Donde se confunden y mezclan los tiempos:

Verbales y físicos, el ayer y la afasia.

Y a veces sueño que Mario Santiago

Viene a buscarme, o es un poeta sin rostro,

Una cabeza sin ojos, ni boca, ni nariz,

Sólo piel y voluntad, y yo sin preguntar nada

Me subo a la moto y partimos

Por los caminos del norte, la cabeza y yo,

Extraños tripulantes embarcados en una ruta

Miserable, caminos borrados por el polvo y la lluvia,

Tierra de moscas y lagartijas, matorrales resecos

Y ventiscas de arena, el único teatro concebible

Para nuestra poesía.

Y a veces sueño que el camino

Que nuestra moto o nuestro anhelo recorre

흡혈귀들이, 모두 같은 오솔길로 답파했을 그 길들,
시간들이, 말[言]의 시간과 물리적 시간,
어제와 실어증이 혼란스럽게 뒤섞이는,
그 길들을 통해 서둘러 출발하는 것을 어찌 마다하랴.

이따금 마리오 산티아고가 나를 찾아오는
꿈을 꾼다, 아니면 그것은 얼굴 없는 시인,
눈도, 입도, 코도 없고, 오직 살가죽과 의지뿐인
머리통이다, 나는 아무것도 묻지 않고
오토바이에 올라타고 우린 북쪽 길들을
따라 출발한다, 머리통과 나,
초라한 경로에서 승선한 괴짜
선원들, 먼지와 비에 지워진 길들,
파리 떼와 도마뱀의 땅, 말라비틀어진 가시덤불과
모래 폭풍, 우리의 시(詩)를 위해
상상할 수 있는 유일한 무대.

이따금 나는 우리의 오토바이 혹은 우리의
갈망이 쏘다니는 길이 나의 꿈이 아닌

No empieza en mi sueño sino en el sueño

De otros: los inocentes, los bienaventurados,

Los mansos, los que para nuestra desgracia

Ya no están aquí. Y así Mario Santiago y yo

Salimos de la ciudad de México que es la prolongación

De tantos sueños, la materialización de tantas

Pesadillas, y remontamos los estados

Siempre hacia el norte, siempre por el camino

De los coyotes, y nuestra moto entonces

Es del color de la noche. Nuestra moto

Es un burro negro que viaja sin prisa

Por las tierras de la Curiosidad. Un burro negro

Que se desplaza por la humanidad y la geometría

De estos pobres paisajes desolados.

Y la risa de Mario o de la cabeza

Saluda a los fantasmas de nuestra juventud,

El sueño innombrable e inútil

De la valentía.

타인들, 즉 결백한 사람들, 행운아들,
온순한 사람들, 안타깝게도 이제
이곳에 없는 사람들의 꿈에서 시작되는
꿈을 꾼다. 그렇게 산티아고와 나는
숱한 꿈의 연장이요, 숱한 악몽의
구현인 멕시코시티를 떠나,
언제나 북쪽을 향해, 언제나 코요테의
길을 통해, 주(州)들을
거슬러 오른다, 그때 우리 오토바이는
밤[夜]의 색깔이다. 우리 오토바이는
호기심의 땅을 유유히 여행하는
검은 당나귀다. 인류와 이 초라하고
황량한 풍경의 기하학을 헤치며
이동하는 검은 당나귀.
마리오 혹은 머리통의 웃음소리가
우리 청춘의 유령들에게, 명명할 수 없는
부질없는 용기의 꿈에게
인사를 건넨다.

Y a veces creo ver una moto negra

Como un burro alejándose por los caminos

De tierra de Zacatecas y Coahuila, en los límites

Del sueño, y sin alcanzar a comprender

Su sentido, su significado último,

Comprendo no obstante su música:

Una alegre canción de despedida.

Y acaso son los gestos de valor los que

Nos dicen adiós, sin resentimiento ni amargura,

En paz con su gratuidad absoluta y con nosotros mismos.

Son los pequeños desafíos inútiles — o que

Los años y la costumbre consintieron

Que creyéramos inútiles — los que nos saludan,

Los que nos hacen señales enigmáticas con las manos,

이따금 당나귀 같은 검은 오토바이가,
꿈의 경계에서, 사카테카스[3]와 코아우일라[4]의
흙길로 멀어지는 모습이 눈앞에 보이는
것 같다, 그 뜻, 그 궁극의 의미를
이해하는 데는 이르지 못하지만,
그럼에도 그 음악은 이해한다:
경쾌한 작별 노래.

아마도 용기 있는 몸짓일 것이다,
그 절대적 자의성과 우리들 자신과 함께 평화롭게,
원망도 설움도 없이, 우리에게 작별을 고하는 것은.
부질없는 — 아니 세월과 습관이 우리로 하여금
부질없다고 믿게 만들었다 — 작은 도전이다,
우리에게 작별 인사를 건네는 것은,
이 석회 사막에서 홀로 키워진,

3 멕시코 중부의 주. 주도인 사카테카스는 멕시코 고원 경사면에 자리
잡고 있다.
4 멕시코 북부의 주. 리오그란데강을 사이에 두고 미국과 국경을 마주
하고 있다.

En medio de la noche, a un lado de la carretera,

Como nuestros hijos queridos y abandonados,

Criados solos en estos desiertos calcáreos,

Como el resplandor que un día nos atravesó

Y que habíamos olvidado.

Y a veces sueño que Mario llega

Con su moto negra en medio de la pesadilla

Y partimos rumbo al norte,

Rumbo a los pueblos fantasmas donde moran

Las lagartijas y las moscas.

Y mientras el sueño me transporta

De un continente a otro

A través de una ducha de estrellas frías e indoloras,

Veo la moto negra, como un burro de otro planeta,

Partir en dos las tierras de Coahuila.

Un burro de otro planeta

Que es el anhelo desbocado de nuestra ignorancia,

Pero que también es nuestra esperanza

버려진 우리의 사랑하는 자식들처럼,

까마득히 잊었지만

어느 날 우리를 관통한 광채처럼,

한밤중에, 도로변에서,

손으로 수수께끼 같은 신호를 보내는 것은.

이따금 한창 악몽을 꾸고 있을 때

마리오가 검은 오토바이를 타고 도착하고

우리는 북쪽을 향해,

도마뱀과 파리 떼가 서식하는

유령 마을을 향해 떠나는 꿈을 꾼다.

빗발치는 고통 없는 차가운 별들을 건너

꿈이 나를 한 대륙에서

다른 대륙으로 데려가는 동안,

검은 오토바이가, 다른 행성의 당나귀처럼,

코아우일라의 땅을 둘로 가르는 것을 본다.

우리 무지의 고삐 풀린 갈망인,

그러나 또한 우리의 희망이요

우리의 용기인

Y nuestro valor.

Un valor innombrable e inútil, bien cierto,
Pero reencontrado en los márgenes
Del sueño más remoto,
En las particiones del sueño final,
En la senda confusa y magnética
De los burros y de los poetas.

다른 행성의 당나귀.

분명, 명명할 수 없는 부질없는 용기,
그러나 아득한 꿈의 가장자리에서,
마지막 꿈의 칸막이에서,
자성(磁性)을 띤 혼란스러운,
당나귀와 시인 들의 오솔길에서
다시 만난 용기.

LOS PASOS DE PARRA

Ahora Parra camina

Ahora Parra camina por Las Cruces

Marcial y yo estamos quietos y oímos sus pisadas

Chile es un pasillo largo y estrecho

Sin salida aparente

El Flandes indiano que se quema allá a los lejos

Un incendio rodeado de huellas

O los restos de un incendio

Y los restos de unas huellas

Que el viento va borrando

O diluyendo

Nadie te da la bienvenida a Dinamarca

파라[1]의 발걸음

지금 파라가 걷고 있다

지금 파라가 라스 크루세스가(街)[2]를 걷고 있다

마르시알[3]과 나는 가만히 그의 발자국 소리를 듣는다

칠레는 눈에 보이는 출구 없는

길고 좁은 통로다

저기 멀리서 불타는 아메리카의 플랑드르[4]

발자국에 둘러싸인 화마

혹은 화마의 잔해

바람이 지우거나

혹은 녹이는

발자국의 흔적들

아무도 네가 덴마크에 온 것을 환영하지 않는다

1 칠레 시인 니카노르 파라를 말한다. 7쪽의 각주 참조.

2 파라가 거주했던, 칠레의 수도 산티아고에 있는 거리 이름.

3 Marcial Cortés-Monroy. 볼라뇨의 친구인 칠레 건축가. 그는 1998년 볼라뇨가 25년 만에 칠레를 방문했을 때 니카노르 파라와의 만남을 주선해 주었다.

4 루터파 교도들의 땅인 플랑드르는 1648년 뮌스터 평화 협정이 체결될 때까지 스페인 왕국의 골칫거리였다. 전쟁이 종결되고 나서도 이러한 부정적 이미지는 오랫동안 스페인 사람들의 뇌리에 남아 있었다. 그리고 스페인의 정복 과정에서 칠레는 아라우카노족 원주민들의 강력한 저항을 통해 아메리카 땅에서 제2의 플랑드르로 인식되었다.

Todos estamos haciendo

Lo indecible

Nadie te da la bienvenida a Dinamarca

Aquí está lloviendo

Y las cruces exhiben huellas

De hormigas y de incendios

Oh el Flandes indiano

El interminable pasillo de nuestro descontento

En donde todo lo hecho parece deshecho

El país de Zurita y de las cordilleras fritas

El país de la eterna juventud

Sin embargo llueve y nadie se moja

Excepto Parra

O sus pisadas que recorren

Estos tierrales en llamas

우리는 모두

이루 말할 수 없는 것을 하고 있다

아무도 네가 덴마크에 온 것을 환영하지 않는다

이곳엔 비가 내리고 있고

나무 가랑이는 개미와

화마의 흔적을 드러낸다

오 아메리카의 플랑드르

만들어진 모든 것이 부서진 것처럼 보이는

우리 불만의 끝없는 통로

수리타[5]와 기름에 튀긴 산맥들의 나라

영원한 청춘의 나라

그럼에도 비는 내리고 아무도 젖지 않는다

파란

혹은 화석화된

이 불타는 흙먼지

5 Raúl Zurita Canessa(1950~). 칠레의 시인. 2000년 국가 문학상 수상. 피노체트 이후 권위주의 정부의 공식 언어에 의해 배제된 〈또 다른 칠레〉의 형식을 담아낼 수 있는 시각적이고 극적인 재현 수단을 모색했던 CADA 그룹의 일원.

Petrificadas

Estos camposantos arados por bueyes

Inmóviles

Oh el Flandes indiano de nuestra lengua esquizofrénica

Toda pisada deja huella

Pero toda huella es inmóvil

Nada que ver con el hombre o la sombra

Que una vez pasó

O que en el último suspiro intentó

Materializar la cobra

Del sueño inmóvil

O de lo que en el sueño sobra

Representaciones representaciones

Carentes de sustancia

En el Flandes indiano de la fractura

Infinita

Pero nosotros sabemos que todos

Nuestros asuntos

Son finitos (alegres, sí, feroces,

꿈쩍 않는

황소들이 갈아엎은 이 묘지들을

배회하는 그의 발자국을 제외하고는

오 조현병을 앓는 우리 언어의 아메리카의 플랑드르

모든 발자국은 흔적을 남긴다

그러나 모든 흔적은 움직이지 않는다

언젠가 지나갔던,

혹은 마지막 숨을 몰아쉴 때

움직이지 않는 꿈

혹은 남아 있는 꿈의 잔여물에서

코브라를 만들어 내는 마술을 시도하던,

남자 혹은 그림자와는 아무 관련이 없다

재현 실체 없는

재현

끝없는

골절의 아메리카의 플랑드르에서

그러나 우리는 우리의 모든

문제에 끝이 있음을

213   안다(즐거운 일도, 잔혹한 일도

Pero finitos)

La revolución se llama Atlántida

Y es feroz e infinita

Mas no sirve para nada

A caminar, entonces, latinoamericanos

A caminar a caminar

A buscar las pisadas extraviadas

De los poetas perdidos

En el fango inmóvil

A perdernos en la nada

O en la rosa de la nada

Allí donde sólo se oyen las pisadas

De Parra

Y los sueños de generaciones

Sacrificadas bajo la rueda

Y no historiadas

있지만, 다 끝이 있다)
혁명의 이름은 아틀란티스
잔혹하고 무한하다
그러나 아무짝에도 쓸모가 없다
그러니 라틴 아메리카인들이여, 걷자
걷고 또 걷자
움직이지 않는 수렁에서
실종된 시인들의
길 잃은 발걸음을 찾아 나서자
우리 무(無) 안에서 혹은
무(無)의 장미 안에서 길을 잃자
오직 파라의 발소리와
바퀴 아래에서 희생된
역사에 기록되지 않은
세대들의 꿈의 소리만
들리는 그곳에서

Jus lo front port vostra bella semblança

— Jordi de Sant Jordi

Intentaré olvidar   Un cuerpo que apareció durante la
   nevada
Cuando todos estábamos solos   En el parque, en el
   montículo detrás
de las canchas de basket   Dije detente y se volvió:
un rostro blanco encendido por un noble corazón   Nunca
había visto tanta belleza   La luna se distanciaba de la
   tierra
De lejos llegaba el ruido de los coches en la autovía: gente
que regresaba a casa   Todos vivíamos en un anuncio
de televisión hasta que ella apartó las sucesivas
cortinas de nieve y me dejó ver su rostro: el dolor

난 이마 아래에 그대의 아름다운 자태를 지니고 있네
— 조르디 데 산 조르디[1]

잊으리라[2]   강설이 내리는 동안 나타난 몸뚱이 하나
우리가 모두 혼자였을 때   공원에서, 농구 코트 뒤
언덕에서   나는 멈추라고 말했고 그녀는 돌아보았다:
고결한 심장에 의해 붉어진 하얀 얼굴   그렇게 아름다운
    여자는
난생처음이었다   달은 지상에서 멀어지고 있었다
멀리서 고속 도로의 자동차 소리가 들려왔다: 집으로
돌아가는 사람들   그녀가 잇따른 눈[雪]의 휘장을
걷고 내게 자신의 얼굴을 보여 줄 때까지
우리는 모두 티브이 광고 속에 살고 있었다:
그녀의 눈길에 어린 세상의 고통과 아름다움   눈 위에
찍힌 작은 발자국들을 보았다   얼굴에서 살을 에는

---

1 Jordi de Sant Jordi(1390년대 말~1424). 15세기 발렌시아 문학의
황금기에 활동했던 시인. 아라곤 왕국의 알폰소 5세 왕실에서 시종으로 일
했다.

217   2 이 시에도 제목이 없다.

y la belleza del mundo en su mirada   Vi huellas

diminutas sobre la nieve   Sentí el viento helado en la cara

En el otro extremo del parque alguien hacía señales

con una linterna   Cada copo de nieve estaba vivo

Cada huevo de insecto estaba vivo y soñaba   Pensé: ahora

me voy a quedar solo para siempre   Pero la nieve caía y

  caía

y ella no se alejaba

바람을 느꼈다
공원 반대쪽 끝에서 누군가가 손전등으로 신호를
보내고 있었다　　눈송이는 하나하나 살아 있었다
곤충 알은 하나하나 살아 꿈꾸고 있었다　　나는
　　생각했다: 이제
난 영영 혼자일 거야　　그러나 하염없이 눈이 내렸고
그녀는 멀어지지 않았다

MUSA

Era más hermosa que el sol
y yo aún no tenía 16 años.
24 han pasado
y sigue a mi lado.

A veces la veo caminar
sobre las montañas: es el ángel guardián
de nuestras plegarias.
Es el sueño que regresa

con la promesa y el silbido.
El silbido que nos llama
y que nos pierde.
En sus ojos veo los rostros

de todos mis amores perdidos.
Ah, Musa, protégeme,
le digo, en los días terribles
de la aventura incesante.

뮤즈

그녀는 태양보다 더 아름다웠고
난 아직 열여섯 살도 채 되지 않았었다.
24년이 흘렀고
그녀는 여전히 내 곁에 있다.

이따금 그녀가 산 위를
걷는 것을 본다: 그녀는 우리
기도의 수호천사다.
약속과 휘파람과 함께

귀환하는 꿈이다.
우리를 부르고
우리를 잃어버리는 휘파람.
그녀의 눈에서 잃어버린

나의 모든 사랑의 얼굴들을 본다.
원컨대, 아, 뮤즈여,
끝없는 모험의
끔찍한 날들에 날 지켜 다오.

Nunca te separes de mí.

Cuida mis pasos y los pasos

de mi hijo Lautaro.

Déjame sentir la punta de tus dedos

otra vez sobre mi espalda,

empujándome, cuando todo esté oscuro,

cuando todo esté perdido.

Déjame oír nuevamente el silbido.

Soy tu fiel amante

aunque a veces el sueño

me separe de ti.

También tú eres la reina de los sueños.

제발 날 떠나지 마오.
나의 발걸음과 내 아들
라우타로의 발걸음을 보살펴 다오.[1]
온 세상이 암흑일 때, 모든 것을

잃었을 때, 내 등에서
나를 떠미는 당신 손끝의 감촉을
다시 느끼게 해다오.
다시 휘파람 소리를 듣게 해다오.

이따금 꿈이
당신과 나를 갈라놓을지라도
난 당신의 신실한 연인이다.
당신은 또한 꿈의 여왕이다.

---

1 자식에 대한 볼라뇨의 깊은 관심과 애정을 엿볼 수 있다. 한 인터뷰에
서 그는 〈나의 유일한 조국은 두 아이 라우타로와 알렉산드라〉라고 밝힌
바 있고, 가족의 생계를 걱정하여 유작인 『2666』을 5부작으로 출판하라는
유언을 남기기도 했다.

Mi amistad la tienes cada día

y algún día

tu amistad me recogerá

del erial del olvido.

Pues aunque tú vengas

cuando yo vaya

en el fondo somos amigos

inseparables.

Musa, adonde quiera

que yo vaya

tú vas.

Te vi en los hospitales

y en la fila

de los presos políticos.

Te vi en los ojos terribles

de Edna Lieberman

매일매일 나의 우정은 당신의 것,
언젠가
당신의 우정이 망각의
황무지에서 나를 꺼내 주리라.

그러므로 당신과 나의
길이 어긋나더라도
결국 우리는 떼려야 뗄 수 없는
친구다.

뮤즈여, 내가
어디로 가든,
당신은 나와 동행한다.
난 당신을 보았다, 병원들에서

길게 늘어선
정치범들의 대열에서.
에드나 리베르만의
끔찍한 눈 속에서

y en los callejones

de los pistoleros.

¡Y siempre me protegiste!

En la derrota y en la rayadura.

En las relaciones enfermizas

y en la crueldad,

siempre estuviste conmigo.

Y aunque pasen los años

y el Roberto Bolaño de la Alameda

y la Librería de Cristal

se transforme,

se paralice,

불한당들의 뒷골목에서
당신을 보았다.
당신은 언제나 나를 지켜 주었지!
패배했을 때도, 광기에 사로잡혔을 때도.

병적인 관계 속에서도
잔혹함 속에서도,
당신은 언제나 나와 함께였다.
세월이 흘러도

알라메다 공원[2]과 크리스탈
서점[3]의 로베르토 볼라뇨가
완전히 딴사람이 되고,
몸이 마비되고,

2 멕시코시티에서 가장 오래된 역사를 지닌 공원으로, 19세기에 조성되
었다.
3 알라메다 공원에 있었던 서점. 1930년대 말에 처음 문을 열었으며
1973년 근대화의 물결에 밀려 사라졌다. 1946년 『뉴욕 타임스』에 의해 지
구상에서 가장 경이로운 서점에 선정된 바 있다.

se haga más tonto y más viejo

tú permanecerás igual de hermosa.

Más que el sol

y que las estrellas.

Musa, adonde quiera

que tú vayas

yo voy.

Sigo tu estela radiante

a través de la larga noche.

Sin importarme los años

o la enfermedad.

Sin importarme el dolor

o el esfuerzo que he de hacer

para seguirte.

Porque contigo puedo atravesar

los grandes espacios desolados

더 늙고 더 멍청해진다 해도
당신은 한결같이 아름다울 것이다.
태양보다
별들보다 더.

뮤즈여, 당신이
어디로 가든
나는 당신과 동행한다.
나는 긴 밤을 가로질러

당신의 빛나는 자취를 좇는다.
세월도 육신의 병도
상관없다.
당신을 좇기 위해

감내해야 할 고통이나
수고로움도 상관없다.
당신과 함께라면 광막한
황무지도 가로지를 수 있으니.

y siempre encontraré la puerta

que me devuelva

a la Quimera,

porque tú estás conmigo,

Musa,

más hermosa que el sol

y más hermosa

que las estrellas.

당신이 나와 함께 있으니
나를 키메라에게
돌려주는
문을 언제나 발견할 수 있으리.

태양보다 더 아름답고
별들보다
더 아름다운,
뮤즈여.

ENTRE LAS MOSCAS

Poetas troyanos

Ya nada de lo que podía ser vuestro

Existe

Ni templos ni jardines

Ni poesía

Sois libres

Admirables poetas troyanos

파리 떼 틈에서

트로이의 시인들이여
그대들의 것일 수도 있었던 것들 중에서
이젠 아무것도 남지 않았다

사원도 정원도
시(詩)도

그대들은 자유다
트로이의 경이로운 시인들이여

옮긴이의 말
시(詩)만 빼고 다 똥이다

볼라뇨는 자신이 탐독했던 작가 보르헤스와 마찬가지로 시인으로서 창작 여정을 시작했고 평생 스스로를 시인으로 여겼다. 그는 세 권의 공동 시집과 지금은 사라진 이름 없는 잡지들에 흩어져 있는 시편들 외에 사후에 출간된 『미지의 대학』을 포함하여 총 여섯 권의 시집을 출간하였다. 그리고 유고 시집의 존재가 보여 주듯, 창작의 무게 중심이 소설로 옮겨 간 후에도 시 쓰기를 멈추지 않았고 생의 마지막 순간까지도 시를 손에서 놓지 않았다. 그러나 그를 깊이 모르는 독자들에게 시인 볼라뇨는 매우 생소할 것이다. 2003년 50세의 나이에 사망한 최근 작가임에도 생애 마지막 10년 동안 무서운 속도로 쏟아 낸 일련의 소설들로 가르시아 마르케스 이후 하나의 현상이 되기에 이르렀고 그의 세대 최고의 소설가로 칭송받고 있으니 시인으로서의 이미지가 상대적으로 가려진 것도 이상할 게 없다.

멕시코 체류 시절 볼라뇨는 문학 권력인 옥타비오 파스 Octavio Paz의 제국에 당당히 맞서 인프라레알리스모라는 전위주의 시 운동을 전개한 문학 테러리스트였다. 볼라뇨의 단편집 『전화』에 실린 자전적인 단편 「센시니」에서 밝히고 있듯이, 1977년 유럽으로 이주하여 접시닦이, 판매원, 야간 경비원 등 갖가지 허드렛일을 전전하던 중 생계의 방편으로 스페인 지방 소도시의 문학 콩쿠르에 응모하기 위해 단편을 쓰기 시작했다. 이런 이유로 그는 소설 쓰기를 영혼의 치유라는 시 쓰기의 본질을 잃어버리고 현실의 논리 앞에 무릎 꿇은 굴욕이자 〈야만적인 악취미〉, 젊은 시절 그를 온통 휘감았던 문학 병과 〈낭만적인 개들〉의 길에 대한 반역으로 여겼다. 그의 소설 『2666』의 한 구절을 빌려 말하자면, 그에겐 〈시(詩)만 빼고 다 똥〉인 것이다. 『안트베르펜』에 대해 〈내가 부끄럽게 여기지 않는 유일한 소설〉이라고 했던 것도 같은 이유에서였다. 비록 소설로 분류되지만 일찍이 1980년에 써 두었던 원고를 훗날 펴낸 이 작품에는 현실과의 타협을 거부하는 젊은 날의 오염되지 않은 순수한 열정이 고스란히 남아 있기 때문이다. 볼라뇨의 소설을 빼곡히 수놓고 있는 수많은 시인들의 존재 역시 시에 특별한 의미를 부여하는 그의 태도와 무관하지 않을 것이다.

『낭만적인 개들』은 볼라뇨가 소설가로서 서서히 문학계의 인정을 받기 시작하던 1994년 스페인의 이룬시(市) 문학상을 수상하며 시인으로서의 존재를 알린 시집이다. 수록된 43편의 시는 헐벗은 삶 속에서도 문학에 병적으로 사로잡힌 문청(文靑)의 서정적 일기이자 문학을 향한 분투의 기록이다. 여기에는 멕시코시티와 바르셀로나의 거리에 펼쳐졌던 고단한 아웃사이더 시인의 삶이 혼란스럽게 제시되고 있다. 혁명의 좌절, 순수한 삶의 상실, 에로틱한 만남, 동료들과 가족에 대한 사랑과 연민 등을 이야기하는 파편적인 삶의 일화들을 관통하는 것은 글쓰기에 대한 성찰이며, 「문병」, 「부활」,「굼벵이 아저씨」,「당나귀」 같은 많은 시에서 빛을 발하는 핵심적인 메시지는 〈시는 그 무엇보다 더 용감하다〉는 것이다.「최후의 야만인」에 등장하는 청소부가 된 옛 친구처럼 젊은 날의 용기도 꿈도 광기도 모두 퇴색하여 비루한 삶 속으로 스러져 가겠지만, 패배를 예감하면서도 전투에 나서는 〈낭만적 사무라이〉의 목소리는 비장하고 단호하다.「부활」에서 시인은 이러한 시의 사명을 두려움 없이 용감하게 꿈이라는 어두운 심연 속으로 뛰어드는 잠수부에 비유하고 있다.

『낭만적인 개들』에서 찾아볼 수 있는 두드러진 특징 중 하나는 시의 탈장르화 또는 장르의 확산 경향이다. 무수하게 증식되는 목소리들과 파편화된 서술이 돋보이는 그의 소설이 시적인 것 못지않게, 그의 시도 다분히 소설적이다. 한 인터뷰에서 〈나의 시와 나의 산문은 사이 좋은 사촌지간〉이라고 밝힌 바 있으니, 〈볼라뇨에게 산문 서사는 거의 가면을 쓰지 않은 시〉라는 페레 짐페레의 지적은 결코 과장이 아니다. 심지어 작가 자신이 소설로 규정하는『안트베르펜』이 유고 시집『미지의 대학』에 〈멀어지는 사람들 *Gente que se aleja*〉이라는 제목의 장(章)으로 묶여 있을 정도다. 스스로 소설로 분류하는 작품을 군이 시집에 포함시킨 이유는 무엇일까. 볼라뇨는 시라는, 기성 질서가 구축한 정형화된 제도 너머의 〈시적인 것〉에 대한 추구를 통해 장르의 경계를 가로지르고 있는 것은 아닐까. 볼라뇨 문학의 초장르적 성격과 관련하여 짐페레가 서문에서 시사하고 있는 반시(反詩)와의 접점을 생각해 볼 수 있다. 니카노르 파라와 볼라뇨는 라

틴 아메리카 문학에서 〈안티〉 정신으로 무장한 가장 두드러

진 이단아이자 저격수 들이었다. 1998년 25년 만에 조국을 방문했을 때 볼라뇨는 열일을 제쳐 두고 친구 마르시알과 함께 파라의 집을 찾아가 뜻깊은 첫 만남을 가졌다. 그 이후 물리적인 만남은 극히 제한적이었지만, 그는 파라를 네루다를 뛰어넘는 위대한 시인으로 평가하며 스승으로 삼았고, 반시가 내세운 급진성과 비타협성은 파라를 우상파괴주의자 볼라뇨의 우상으로 만들었다. 〈나는 전적으로 파라에게 빚지고 있다〉는 그의 진술을 굳이 언급하지 않더라도 파라의 영향은 지대하다. 무엇보다 거리의 삶과 일상 언어에 눈을 돌리자는 인프라레알리스모의 주장은 일상성의 시학으로 정의할 수 있는 반시의 모토이기도 하다.

이런 관점에서 『낭만적인 개들』과 소설 『야만스러운 탐정들』 사이의 밀접한 관련성은 매우 흥미롭다. 루페Lupe처럼 『낭만적인 개들』을 배회하는 인물들은 많은 경우 『야만스러운 탐정들』의 인물들과 동일하며, 시집에서 장소로 제시되고 있는 낭만적이고 카오스적인 멕시코와 황혼 녘의 바르셀로나 역시 소설과 흡사하다. 심지어 『야만스러운 탐정들』에서는 등장인물 라우라 하우레기의 입을 통해 「아톨레」라는 수록 시가 언급되기까지 한다. 또한 시집의 〈탐정〉 연작은 『야만스러운 탐정들』을 위한 시적 스케치나 작가 노트를 연상시키며, 개들과 시인들, 그리고 탐정들은 모두 길의 중심에서 비껴난, 뿌리 뽑힌 존재들로 그려지고 있다. 이처럼 두 작품의 이야기들은 장르의 경계를 넘어 퍼즐의 조각처럼 교차하면서 서로를 비추며, 이 과정을 통해 볼라뇨의 작품에서 빈번하게 발견되는 다시 쓰기와 프랙탈 구성의 메커

니즘을 명료하게 드러낸다. 이렇게 볼 때, 『야만스러운 탐정들』과 『낭만적인 개들』은 각각 『야만스러운 개들』과 『낭만적인 탐정들』로 바꿔 부를 수 있다는 작가 로드리고 프레산 Rodrigo Fresán의 기발한 제안은 매우 설득력이 있다. 『야만스러운 탐정들』 외에도 수록 시 「굼벵이 아저씨」가 단편집 『전화』에서 동일한 인물을 다룬 같은 제목의 단편으로 확장되는 데서 알 수 있듯이, 『낭만적인 개들』의 시편들은 주제와 문체, 인물들, 장소를 반복하고 변주하며 그의 소설들을 관통하고 있다. 어느 비평가는 『안트베르펜』을 볼라뇨의 문학적 우주를 창조한 작은 〈빅뱅〉으로 부른 바 있는데, 『낭만적인 개들』에 대해서도 같은 명칭을 부여할 수 있을 것이다.

주저하는 마음으로 허술하기 짝이 없는 번역을 세상에 내놓는다. 낯선 번역어들 사이를 헤치고 〈피와 땀, 정액, 눈물로 쓴〉 볼라뇨의 〈진정한〉 시편들이 그의 시를 읽는 〈용기 있는〉 독자들의 가슴에 닿기를 바란다. 번역 원고를 맨 먼저 읽고 유익한 제안을 해준 장재준 선생과 제자 이경민 교수와 정혜리 양에게 고마움을 전한다. 이 책의 번역 대본으로는 Roberto Bolaño, *Los perros románticos*(Barcelona: ACANTILADO, 2006)를 사용했다. 아울러 볼라뇨의 소설과 밀접하게 관련된 시들의 경우, 일관성을 고려하여 열린책들에서 펴낸 기존 번역들을 참조했음을 밝힌다.

2018년 10월

김현균

로베르토 볼라뇨 연보

1953년 출생 4월 28일 칠레의 산티아고에서 로베르토 볼라뇨 아발로스 태어남. 아버지 레온 볼라뇨는 아마추어 권투 선수이자 트럭 운전수였고, 어머니 빅토리아 아발로스는 수학 선생님이었음. 볼라뇨는 어린 시절 읽기 장애가 있었는데, 어머니는 시를 좋아하는 어린 아들이 좌절하지 않도록 용기를 북돋워 주었음. 볼라뇨는 가족과 함께 발파라이소, 킬푸에, 비냐델마르, 로스앙헬레스 등 칠레의 여러 도시에서 유년기를 보냈으며, 그중 로스앙헬레스에 가장 오래 거주하였음.

1968~1973년 <u>15~20세</u> 가족과 함께 멕시코의 멕시코시티로 이주함. 학교에 입학했으나 중퇴했고, 다시는 교실에 발을 들여놓지 않겠다고 굳게 결심함. 1968년 10월 멕시코시티 올림픽 개막 며칠 후, 이 도시를 뒤흔든 학생 소요와 경찰의 무력 진압 현장을 목격함. 이는 수백만의 학생이 학살되거나 투옥되었던 10월 2일 틀라텔롤코 대학살에 뒤따라 벌어진 사건이었음. 이러한 일련의 사태는 이후 볼라뇨의 작품, 특히 『야만스러운 탐정들*Los detectives salvajes*』과 『부적*Amuleto*』의 소재가 됨. 15세부터 시를 쓰기 시작했으며, 독서에 푹 빠져 생활함. 그는 서점 진열대에서 책을 훔쳐 읽으며 지식을 습득했고, 훗날 서점 직원들이 자기 손에 닿지 않는 곳에 몇몇 책을 꽂아 놓아 읽을 수 없었다고 원망하기도 함. 그는 자신이 독학을 한 것이 아니라 〈모든 것을 책에서 배웠다〉고 말함. 사춘기 말과 성년 초기를 멕시코에서 보냄. 이때를 멕시코에서 보낸 제1시기라고 할 수 있음.

1973년 <u>20세</u> 8월 아옌데 대통령의 사회주의 정부를 전복하려는 피노체트의 쿠데타(9월 11일)가 발발하기 전에 사회주의 건설에 참여

하기 위해 칠레로 돌아와 아옌데의 사회주의 혁명을 지지하는 좌파 진영에 가담함. 쿠데타가 일어나자 콘셉시온 근처에서 체포되어 투옥되었으나, 마침 어릴 적 친구였던 간수의 도움으로 8일 만에 석방됨. 이 행적은 순전히 볼라뇨 자신의 진술에 의거한 것으로, 볼라뇨는 이 극적인 사건을 여러 작품에 다양한 형태로 서술하였음.

1974~1977년 ²¹⁻²⁴세 멕시코로 돌아와 아방가르드 문학 운동인 〈인프라레알리스모*infrarrealismo*〉를 주창함. 〈인프라레알리스모〉는 프랑스 다다이즘과 미국 비트 제너레이션의 영향을 받은 시 문학 운동으로, 볼라뇨가 친구인 시인 마리오 산티아고와 함께 결성하였으며 멕시코 시단의 기득권 세력을 비판하며 가난과 위험, 거리의 삶과 일상 언어에 눈을 돌리자고 주장한 반항적 운동임. 문학 기자와 교사로 일했으나 무엇보다도 시를 읽고 쓰는 데 집중함.

1975년 ²²세 시인 브루노 몬타네와 함께 시집 『높이 나는 참새들 *Gorriones cogiendo altura*』 출간.

1976년 ²³세 일곱 명의 다른 〈인프라레알리스모〉 시인들과 함께 산체스 산치스 출판사에서 시집 『뜨거운 새*Pájaro de calor*』 출간. 그리고 같은 해 첫 단독 시집인 『사랑을 다시 만들어 내기*Reinventar el amor*』 출간. 이 시집은 한 편의 장시를 9개의 장으로 나누어 실은 얇은 책으로, 후안 파스코에가 지도하는 타예르 마르틴 페스카도르 시 아틀리에에서 출간되었음. 북아메리카 미술가 칼라 리피의 판화를 표지 그림으로 쓴 이 책은 225부만 인쇄하였음. 이때를 멕시코에서 보낸 제2시기라 할 수 있음.

1977년 ²⁴세 유럽으로 이주. 파리를 비롯해 유럽 여러 나라의 도시들을 여행한 후 스스로 〈세상에서 가장 아름다운 도시〉라고 경탄한 바르셀로나에 정착함. 이후 접시 닦이, 바텐더, 외판원, 캠핑장 야간 경비원, 쓰레기 청소부, 부두 노동자 등 온갖 직업에 종사하며 생계를 유지함. 그러면서도 계속 시를 씀.

1979년 ²⁶세 11인 공동 시집인 『불의 무지개 아래 벌거벗은 소년들 *Muchachos desnudos bajo el arcoiris de fuego*』 출간.

1980년 ²⁷세 시를 계속 쓰면서 본격적으로 소설 집필에 전념하기 시작함.

1982년 29세 카탈루냐 출신의 여덟 살 연하의 여성 카롤리나 로페스와 결혼.

1984년 31세 안토니 가르시아 포르타와 함께 쓴 소설 『모리슨의 제자가 조이스의 광신자에게 하는 충고 *Consejos de un discípulo de Morrison a un fanático de Joyce*』를 출간, 스페인의 암비토 리테라리오 소설상 수상.

1986년 33세 카탈루냐 북동부 코스타브라바의 지로나 근처의 블라네스라는 바닷가 소도시로 이사. 볼라뇨는 죽을 때까지 이 도시에서 살았음.

1990년 37세 아들 라우타로 태어남. 1990년대 초부터 볼라뇨는 자신의 시와 소설들을 스페인의 다양한 지역 문학상에 출품하기 시작함. 그는 문학상을 받아 생계에 보탬이 되고 자신의 작품이 출판되기를 희망하였음.

1992년 39세 시집 『미지의 대학의 조각들 *Fragmentos de la universidad desconocida*』이 출간 전 라파엘 모랄레스 시(詩) 문학상 수상. 치명적인 간 질환을 진단받음.

1993년 40세 소설 『아이스링크 *La pista de hielo*』 출간, 스페인의 알칼라데에나레스시(市) 중편 소설상을 수상. 시집 『미지의 대학의 조각들』 출간. 볼라뇨는 이때부터 본격적으로 문학계의 인정을 받기 시작함. 이때부터는 오직 글쓰기로만 생활비를 벌게 됨.

1994년 41세 소설 『코끼리들의 오솔길 *La senda de los elefantes*』 출간, 스페인의 펠릭스 우라바옌 중편 소설상 수상. 시집 『낭만적인 개들 *Los perros románticos*』이 출간 전 스페인의 이룬시(市) 문학상과 산세바스티안시(市) 쿠차 문학상을 수상함.

1995년 42세 시집 『낭만적인 개들』 출간. 소설 쓰기에 몰두하여 명성을 얻어 가면서도 볼라뇨는 기본적으로 자신을 시인이라고 칭하며 시작을 꾸준히 계속함.

1996년 43세 가공의 작가들에 대한 가짜 백과사전인 소설 『아메리카의 나치 문학*La literatura nazi en América*』과 『먼 별*Estrella distante*』 출간. 이해부터 볼라뇨는 바르셀로나의 아나그라마 출판사와 인연을 맺고 대부분의 작품을 이곳에서 출간하기 시작함.

1997년 44세 단편집 『전화*Llamadas telefónicas*』 출간, 칠레의 산티아고시(市)상 수상. 이 소설집 맨 앞에 수록된 단편소설 「센시니*Sensini*」도 같은 해 따로 단행본으로 출간됨. 그의 대표작 중 하나로 꼽히는 방대한 분량의 장편소설 『야만스러운 탐정들*Los detectives salvajes*』이 출간 전에 스페인의 권위 있는 문학상인 에랄데 소설상을 수상함.

1998년 45세 『야만스러운 탐정들』 출간. 이 소설은 동시대를 그려낸 한 편의 대서사시와 같은 장편소설로서, 철학적·문학적 성찰과 스릴러적인 요소, 파스티슈, 자서전의 성격이 혼재하는 작품임. 볼라뇨 자신의 분신이라 할 수 있는 인물 아르투로 벨라노와, 볼라뇨의 친구로서 함께 인프라레알리스모 운동을 이끌었던 마리오 산티아고를 모델로 한 울리세스 리마가 주인공으로 등장함(울리세스 리마는 이후 다른 작품에도 등장하는 인물임). 『파울라』지로부터 소설 심사 위원 위촉을 받아 25년 만에 칠레를 방문함.

1999년 46세 『야만스러운 탐정들』로 〈라틴 아메리카의 노벨 문학상〉이라 불리는 베네수엘라의 로물로 가예고스상 수상. 소설 『부적*Amuleto*』과, 『코끼리들의 오솔길』의 개정판인 『팽 선생*Monsieur Pain*』 출간. 오라 에스트라다는 『부적』을 엄청난 걸작으로 평가함.

2000년 47세 소설 『칠레의 밤*Nocturno de Chile*』과 시집 『셋*Tres*』 출간. 볼라뇨는 자신의 짧은 소설 가운데 가장 완벽한 작품으로 『칠레의 밤』을 꼽음. 스페인의 주요 일간지인 『엘 파이스*El País*』와 『엘 문도*El Mundo*』에 칼럼 게재.

2001년 48세 단편집 『살인 창녀들*Putas asesinas*』 출간. 볼라뇨가 등장인물로 나오는 하비에르 세르카스의 소설 『살라미나의 병사들*Soldados de Salamina*』도 출간됨. 이 소설에서 볼라뇨는 주인공이 소설을 완성하도록 도와주는 인물로 등장함. 2003년 영화로도 제작된 이 작품의 성공으로 볼라뇨는 스페인에서 유명해짐.

2002년 49세　실험적인 소설『안트베르펜*Amberes*』과『짧은 룸펜 소설*Una novelita lumpen*』출간.

2003년 50세　사망하기 몇 주 전 세비야에서 열린 라틴 아메리카 작가 대회에 참가하여 만장일치로 새로운 라틴 아메리카 문학의 대변자로 추앙됨. 장편소설『2666』집필에 매달리다가, 7월 15일 바르셀로나의 바예데에브론 병원에서 아내 카롤리나와 아들 라우타로, 딸 알렉산드라를 남긴 채 간 부전으로 숨을 거둠. 단편집『참을 수 없는 가우초*El gaucho insufrible*』사후 출간.『2666』이 출간되기 전에 바르셀로나시(市)상을 수상함.

2004년『참을 수 없는 가우초』가 칠레의 알타소르 소설상 수상. 필생의 역작『2666』출간, 스페인의 살람보상 수상. 1천 페이지가 넘는 분량의 이 작품은 볼라뇨가 죽을 때까지 손에서 놓지 않고 매달린 소설로, 그의 가장 야심적인 작품임. 처음에는 작가의 뜻에 따라 1년 간격으로 5년에 걸쳐 5부작으로 출판하려 했으나, 결국 1권의 〈메가 소설〉로 출간됨.『2666』은 북멕시코의 시우다드후아레스시에서 3백 명 이상의 여인이 연쇄 살인된 미해결 실제 사건을 주요 모티프로 삼아 산타테레사라는 도시를 배경으로 재구성한 작품임.

2005년『2666』이 칠레의 알타소르 소설상, 칠레의 산티아고시(市) 문학상 수상. 칼럼과 연설문, 인터뷰 등을 모은『괄호 치고*Entre paréntesis*』출간.

2006년 칠레 문화 예술 위원회가 로베르토 볼라뇨 청년 문학상을 제정함. 볼라뇨의 인터뷰를 모은『볼라뇨가 말하는 볼라뇨*Bolaño por sí mismo*』출간.

2007년 단편소설과 다른 글들을 모은『악의 비밀*El secreto del mal*』과 시집『미지의 대학*La universidad desconocida*』출간.『야만스러운 탐정들』영어판 출간,『뉴욕 타임스』선정 〈2007년 최고의 책〉으로 꼽힘.『먼 별』이 2007년 콜롬비아 잡지『세마나』에서 선정한 〈25년간 출간된 스페인어권 100대 소설〉 중 14위에 오름.『2666』을 바탕으로 만든 동명의 연극이 알렉스 리골라의 연출로 스페인에서 상연됨.

2008년 『2666』의 영어판 출간, 평단과 독자 모두에게 호평을 받으며 대단한 인기를 누림. 전미 서평가 연맹상 수상. 『뉴욕 타임스』와 『타임』 선정 〈2008년 최고의 책〉으로 꼽힘.

2009년 『2666』이 『타임스 리터러리 서플러먼트』, 『스펙테이터』, 『텔레그래프』, 『인디펜던트 온 선데이』, 『샌프란시스코 크로니클』, 『NRC 한델스블라트』 등 세계 각국의 유력지에서 〈2009년 최고의 책〉에 선정되었으며 『가디언』에서는 〈2000년대 최고의 책 50권〉으로 꼽힘. 스페인 유력지 『라 반과르디아』에서 선정한 〈2000년대 최고의 소설 50권〉 중 『2666』이 1위로 꼽힘.

2010년 소설 『제3제국*El Tercer Reich*』 출간. 카탈루냐의 지로나시 (市) 당국이 거리 하나를 로베르토 볼라뇨 거리로 명명함.

2011년 소설 『진짜 경찰의 무미건조함*Los sinsabores del verdadero policía*』 출간.

2013년 『짧은 룸펜 소설』을 바탕으로 만든 영화 「미래Il futuro」(알리시아 셰르손 감독)가 칠레, 이탈리아, 독일, 스페인 등에서 개봉되어 로테르담 국제 영화제 KNF상 수상. 『참을 수 없는 가우초』를 바탕으로 만든 연극 「쥐들의 경찰El policía de las ratas」이 역시 리골라의 연출로 스페인에서 상연됨.

2014년 『모리슨의 제자가 조이스의 광신자에게 하는 충고』를 바탕으로 만든 동명의 연극이 펠릭스 폰스의 연출로 스페인에서 상연됨.

2018년 칠레 로스앙헬레스의 콘셉시온 대학교 캠퍼스에 청년 볼라뇨의 동상이 세워짐.

낭만적인 개들

옮긴이 김현균은 강원도 홍천에서 태어나 서울대학교 서어서문학과를 졸업하고 동 대학원에서 석사 학위를, 마드리드 대학에서 박사 학위를 받았다. 현재 서울대학교 서어서문학과 교수로 재직 중이다. 지은 책으로 『라티노/라티나: 혼성 문화의 빛과 그림자』, 『낯은 인문학』, 『세계를 바꾼 현대 작가들』(이상 공저) 등이 있고, 옮긴 책으로는 로베르토 볼라뇨의 『아메리카의 나치 문학』, 『부적』, 『안트베르펜』 외에 『칼리반: 탈식민주의 관점에서 라틴 아메리카 읽기』, 『휴전』, 『시간의 목소리』, 『네루다 시선』, 『날 죽이지 말라고 말해줘!』, *Arranca esa foto y úsala para limpiarte el culo*(김수영 시선) 등이 있다.

지은이 로베르토 볼라뇨 **옮긴이** 김현균 **발행인** 홍지웅 · 홍예빈 **발행처** 주식회사 열린책들 **주소** 경기도 파주시 문발로 253 파주출판도시 **전화** 031-955-4000 **팩스** 031-955-4004 **홈페이지** www.openbooks.co.kr Copyright (C) 주식회사 열린책들, 2018, *Printed in Korea*. ISBN 978-89-329-1933-1 03870 **발행일** 2018년 10월 30일 초판 1쇄

이 도서의 국립중앙도서관 출판예정도서목록(CIP)은 서지정보유통지원시스템 홈페이지 (http://seoji.nl.go.kr)와 국가자료공동목록시스템(http://www.nl.go.kr/kolisnet)에서 이용하실 수 있습니다.(CIP제어번호: CIP2018033215)

로베르토 볼라뇨의 소설

칠레의 밤 임종을 앞둔 칠레의 보수적 사제이자 문학 비평가인 세바스티안 우르티아 라크루아의 속죄의 독백.

부적 우루과이 여인 아욱실리오 라쿠투레가 1968년 멕시코 군대의 국립 자치 대학교 점거 당시 13일간 화장실에 숨어 지냈던 이야기를 시작으로 들려주는 흥미로운 회고담.

먼 별 연기로 하늘에 시를 쓰는 비행기 조종사이자 피노체트 치하 칠레의 살인 청부업자였던 카를로스 비더와 칠레의 암울한 나날에 관한 강렬한 이야기.

전화 볼라뇨의 첫 번째 단편집. 시인, 작가, 탐정, 군인, 낙제한 학생, 러시아 여자 육상 선수, 미국의 전직 포르노 배우, 그리고 수수께끼 같은 인물들이 등장하는 14편의 이야기.

야만스러운 탐정들 〈라틴 아메리카의 노벨상〉이라 불리는 로물로 가예고스상 수상작. 현대의 두 돈키호테, 우울한 멕시코인 울리세스 리마와 불안한 칠레인 아르투로 벨라노가 만난 3개 대륙 8개 국가 15개 도시의 40명의 화자가 들려주는 방대한 증언.

2666 볼라뇨의 최대 야심작이자 죽을 때까지 손에서 놓지 않은 일생의 역작. 5부에 걸쳐 80년이란 시간과 두 개 대륙, 3백 명의 희생자들을 두루 관통하는 묵시록적인 백과사전과 같은 소설.

팽 선생 은퇴 후 조용히 살고 있던 피에르 팽. 멈추지 않는 딸꾹질로 입원한 페루 시인 세사르 바예호의 치료를 부탁받은 후 이상하게도 꿈같은 사건들이 일어나기 시작한다.

아이스링크 스페인 어느 해변 휴양지의 여름, 칠레의 작가 겸 사업가와 멕시코 출신 불법 노동자, 카탈루냐의 공무원 등 세 남자가 풀어놓는 세 가지 각기 다른 이야기.

살인 창녀들 두 번째 단편집. 세계 곳곳에서 방황하는 이들, 광기, 절망, 고독에 관한 13편의 이야기. 이 책에서 시는 폭력을 만나고, 포르노그래피는 종교를 만나며 축구는 흑마술을 만난다.

안트베르펜 볼라뇨의 무의식 세계와 비관적 서정성으로 들어가는 비밀스러운 서문과 같은 작품. 55편의 짧은 글과 한 편의 후기로 이루어진 실험적인 문학적 퍼즐이다.

참을 수 없는 가우초 5편의 단편과 2편의 에세이 모음집. 참을 수 없는 가우초, 불을 뱉는 사람, 비열한 경찰관 등에 관한 이야기와 문학과 용기에 관한 아이러니한 단상이 실려 있다.

제3제국 코스타브라바의 독일인 여행자와 수수께끼의 남미인 사이에 벌어지는 이야기. 〈제3제국〉은 전쟁 게임의 이름이다.